Franziska König

Uli muß in den Knast

..und andere Dramen
im März des Jahres 2014

Aus dem Leben einer Familie

Meiner lieben Großtante Irma zugeeignet

TWENTYSIX – Der Self-Publishing-Verlag
Eine Kooperation zwischen der Verlagsgruppe Random House und BoD – Books on Demand
© 2019 Franziska König
Titelblattgestaltung von Iwan König
Lektorat: Erika König
Herstellung und Verlag: BoD –Books on Demand, Norderstedt
ISBN: 9783740748067

Franziska König studierte an den Musikhochschulen in Wien und Trossingen Violine bei ihrem Vater, Prof. Wolfram König, einem grandiosen Pädagogen mit magischer Sogwirkung auf Frauen, der es auf dem Gebiet der Violinpädagogik wie kein Zweiter verstand, aus Stroh Gold zu spinnen.

Heute lebt Franziska, auch Kika genannt, in Grebenstein, einer Kleinstadt in Nordhessen, und führt dort das Leben ihrer jüngst verstorbenen Oma Ella fort, von der sie das morbide Interesse an Kriminalfällen geerbt zu haben scheint? Auch den ausdünnenden Freundeskreis von Oma Ella hat sie übernommen: Mehrere ältere Leute zwischen 71 und 93 Jahren, die z.T. nur noch mit Spinnweben ans irdische Leben befestigt sind.

Die wichtigsten Vorkömmlinge vorweg:

Rehlein: Meine Mutter
Buz: Mein Vater
Ming: Mein Bruder
Julchen: Meine Schwägerin
Yara (Pröppilein): Meine kleine Nichte, 1 Jahr alt

Den Rest findet man im Personenverzeichnis

Zum Hintergrund der Geschehnisse empfiehlt sich ein Blick auf diesen Link:

https://www.werner-bonhoff-stiftung.de/familie-koenig-vs.-ostfriesische-landschaft.html?atrGrp=ratings&atrId=413&rating=80

Oder aber - familie könig vs werner bonhoff –
(in die Suchmaschine eingeben)

März 2014

Samstag, 1. März
Aurich /Ostfriesland

Grau und windig

Der eingespannte Ming zwängte sich in seine schwarze Joppe, um mit dem babbelnden Pröppilein den Bioladen aufzusuchen. Leider wird Ming z.Zt. sehr vom Schicksalswinde bepustet, so daß ihm etwas Windverblasenes anhaftet.
„Was denn??" frug er ganz ungeduldig, als ich in einer beiläufigen Formulierung kurz innehielt, so als lahme die Zeit um mich herum.
Mings Haben schmilzt. Der Trichter, durch den die letzten Silberbrösel hindurchrinnen, zeigt sich in Form einer sanft schwebenden Sanduhr auf dem Lebenswege. Ob ich noch ein bißchen Geld hätte?
Auf der Anrichte lagen noch immer die 7 € vom Julchen, die ich gestern beim Kaffeekauf nicht in Anspruch genommen hatte.
Ich reichte Ming mein schwarzes Börsl, und Ming durfte sich 20 € nehmen.
„Die kriegst du wieder!" versprach er, doch ich wunk großmütig ab.

Ich regte mich über eine Dame mit Namen „Erika Baden" aus Hannover auf, die vor zwei Tagen nach meinen Honorarvorstellungen gefragt hatte. Daraufhin hatte ich einen bescheidenen Vorschlag gemacht, nannte eine milde Summe an der Grenze dessen, wo man sich noch als ernstzunehmender Musikant fühlen darf, und polsterte diesen Vorschlag im Sinne Rehleins, und damit der Brief nicht gar zu dürrzeilig und knapp klänge, mit ein wenig Hintergrundwissen aus, nach dem zwar nicht gefragt worden war, das jedoch von einigem Interesse schien:

Herr Heinrich aus Bad Hersfeld zahle mittlerweile nur noch 50 € pro Konzert, da Dieter Wedel, der die kleine Stadt wie ein böser Drache besetzt hält, jeden einzelnen Cent, der für die Kultur zu erübrigen ist, ganz allein für sich beansprucht.

Will Herr Heinrich sein in Jahrzehnten so liebevoll gepflegtes Festival im Dunstbanne des bösen Drachen aufrecht erhalten, so müssen seine Musikanten den Gürtel enger schnallen. Der Heinrichsche Lohn jedoch sei mir ein wenig mager, ließ ich wissen.

Ich hatte so schön dichterisch und ausufernd geschrieben, und Erika Baden schrieb dümmlich zugeknöpft zurück: „"...ist für uns nicht finanzierbar. Wir sind an einem Auftreten nicht interessiert."

Irgendwie nahm es mir den ganzen Mut, auf dieser Welt noch mitzumischen.

Bald kehrten Ming und Pröppi mit der warmen Brötchentüte zurück.

Das Pröppilein möchte jedoch vor dem Frühstück erst schunkeln, greift nach einem meiner zitzenartig herabbaumelnden Finger, und zieht mich in die Schunkelkammer hinweg, sprich das hintere Kabüffchen, in welchem der PC steht.

Dort sitzt es dann auf meinem Schoß, und wir schauen uns die kleinen Filmchen an, die wir schon gewöhnt sind.

Bei unsrem ewigen Hit „Günther gesteh'", einem Song den man liebgewonnen hat, mußte ich ja lachen: Ich lachte über die ganz normal ausschauenden Leute - unter ihnen ein Herr mit Zwicker und einem kleinen Oberlippenbärtchen - die bei diesem doch ernsten Thema, das uns alle betrifft, infantil und rhythmisch in die Hände patschen.

Es hieß, wir dürften jetzt noch fünf Minuten lang frühstücken, und dann müsse der Tisch für die Frühstücksversammlung gedeckt werden.

Oh je! Um 11 Uhr wollte doch Frau Linke in die Bratschenstunde kommen, und absagen konnte man nun nicht mehr, denn Frau Linke war ja bereits auf den Straßen unterwegs.

Wir hielten somit ein streng zeitbestutztes „Frühstück im Frühstück" ab.

Omi Birgit hatte zwei pralle Kannen Kaffee für die „Freunde des Musikalischen Sommers e.V." vorbereitet, die auch alsbald zusammenströmten, so daß unsere Wohnung immer voller wurde, und sich in die resultierende Platznot nun die Frage hineinzwängte, ob sich für Frau Linke und mich als Bratschenunterrichtsgespann wohl noch ein ruhiges Eck finden ließe?

Frau Linke verspätete sich leicht, so daß man die diesbezügliche Ratlosigkeit noch ein wenig ausdehnen konnte, doch schließlich stellten wir uns im Ashram neben dem Televisor auf, und während im Nebenzimmer viel gelacht wurde, mußte ich meine Sinne auf das erbärmliche Bratschenspiel von Frau Linke richten.

Hinter der Glastüre sah ich liebgewordene Gäste wie beispielsweise den Christoph-Otto blitzen. Ich behauchte das Glas, und malte ein kleines Herz hinein, und dann wandte ich mich wieder meiner betagten Schülerin zu.

Der Unterricht an Haydns Kaiserquartett war wie alle Tage mühsam, und im Fokus stand doch die Quartettprobe nächste Woche, die es galt, einigermaßen anständig zu wuppen.

Um den Stier pädagogisch wenigstens ein *bißchen* an den Hörnern zu packen, schlug ich vor, eine kleine musikalische Wegstrecke von A nach B auf biegen und brechen irgendwie hinzubekommen, so daß man wenigstens gemeinsam im Ziel einträfe?
Doch meint ihr, dies wäre zu realisieren gewesen?
Über eine kleine Sechzehntelkette – bestehend aus dem gleichen Ton - die sie in blinder Panik einfach so dahingesudelt hatte, sagte Frau Linke mit plattdeutschem Einschlag: „War das nun richtig mit der Anzahl?"
Auf dem kleinen blauen Öfchen lag ein 50 €-Schein für mich bereit, und dann stellte ich mir vor, *wie's wohl wäre, wenn der nachher verschwunden sei? Einer der Gäste hätte ihn geraubt. Frägt sich nur welcher? In der nächsten Versammlung wäre man dann gezwungen, Wasser in das Feuer der Freude über das gesellige Beisammensein zu schütten:*
„Leider befindet sich unter uns ein Dieb!"
Dies alles malte ich mir lustvoll aus, während sich Frau Linke mit dem Sechzehntelgestrüpp abmühte.

Direkt im Anschluß an den Unterricht wurde ich zu „Bio Baier" entsandt, da der Laden ab Morgen bis zur Wiedereröffnung am 6. März schließt, und

für das Pröppilein die feinste Biokost doch wohl eben richtig scheint.
Der Raum war auch schon ziemlich kahl geräumt, und in der Marmeladenecke lernte ich den Vater von Herrn Baier kennen, der gekommen war, um etwas Geld in den Laden des Herrn Sohn zu buttern.

Ich quälte mich mit dem letzten Satz der Mendelssohn-Sonate, für den der Verlag einfach ♪=170 fordert, doch bereits bei 150 klang es rasendst!

Ming & Julchen in der Küche schienen Probleme zu haben, und der entgeisterte Ming fühlte sich einem unverdienten Vorwurfshagel ausgesetzt.
Ich griff das Pröppilein, das wie ein kleines Äffchen an Mamis Hals hing, an die baren Füßlein, und das Julchen lächelte freundlich, und wechselte das Thema, das ihr offenbar zu privat für meine allzu interessiert gespitzten Ohren schien.

Nachmittags pflege ich mir eine kleine Auszeit zu nehmen – mich dabei fühlend wie ein junges Dienstmädchen, dem von rechtswegen pro Tag *eine* Vertrödelungsstunde zusteht. Ich verlasse das Haus und begebe mich zur „Tante Olli", einer

Tankstelle am Wegesrand, wo ich mich immer sehr wohlfühle, zumal man dort kostenlos die Ostfriesischen Nachrichten und die BILD-Zeitung lesen darf.

Man läuft am Combi-Markt vorbei, und aus dem Portal quellen lauter interessante Gestalten heraus, die der Dichter am liebsten den ganzen Tag beobachten und charakterisieren würde: Mitglieder im Kirchenvorstand, brave Arbeitnehmer, Arbeitslose, Mitbürger mit Migrationshintergrund, Senioren, Muslime, Mitglieder dubioser Burschenschaften, Familienväter in Elternzeit, zwielichte Gestalten, die ein geheimes Doppelleben führen…

In der „Tante Olli" saß zunächst ein konzertpianistenartiger Typ mit halblangem Haar und absorbiert sensiblem Wesen, und aus der Toilettentüre trat alsbald seine verknitterte Lebenspartnerin hinzu: Eine Frau vom Typus des „reifen österreichischen „Ski-Haserls", die allerdings während der gesamten Mahlzeit nur mit dem Smartphon kommunizierte.

Meine Lektüre über die „Hauptstadt des Todes – Huntsville in Texas" bannte mich noch immer. Im heutigen Kapitel ging es um ein paar Damen aus der Schweiz, die von unbestimmten Sehnsüchten bewegt, mit den Todeskandidaten Brieffreundschaften pflegen…ein entlegenes, so doch beflügelndes Hobby, denn die Gedanken werden beim Briefeschreiben in die Ferne getragen, und lassen sich in einem Gemäuer nieder, das man lebend nur noch zu seiner allerletzten Reise verlassen darf....

Auf dem Heimweg spielte ich Lotto. Hierzu reihte ich mich in eine Schlange mit mehreren hoffnungsfreudigen, oder vielleicht auch resignierten Lottospielern ein.
Ein Herr hatte seinen grenzdebilen Bruder im Schlepptau, der einen leeren Einkaufswagen schieben durfte, und sich auf infantile Weise daran ergötzte.
Daheim war Ming wegen seinem Meineidverfahren* sehr in Aufruhr.
*Ich schreibe einfach „Meineidverfahren" weil sich dies auf dem Papiere interessanter ausnimmt, und dabei handelte es sich lediglich um ein an den Haaren herbeigezogenes Verfahren wegen „uneidlicher Falschaussage", das sich die „Landschaft" in ihrem erbärmlichen Kleingeist hohnlachend und händereibnerisch zusammengeschustert hatte, um den künstlerischen Ming zu vernichten und aus dem Wege zu räumen.
Man hörte Mings poltrige Stimme mit der er offenbar telefonierte, im ganzen Hause, und ich spielte ein bißchen mit dem Pröpplein, schunkelte

es, und bebusselte die zarten Wangen des lockigen Kleinkindes.

Wieder spürte ich es überdeutlich, wie mir die Abende lang werden, und mir die Decke auf den Kopf fällt. Doch für die gemütlichen Abende im „Dolce Vita" mangelt es so allmählich am Gelde, und die Rechnung der „Landschaft", uns auszuhungern, fängt an aufzugehen.
Ming war schon den ganzen Abend sehr aufgebracht und aufgeheizt, und nun bedeutete er mir, daß man leiser sein müsse, und als die Tür nur ein bißchen gescheppert hat, trat Ming gleich in den Türrahmen, um mir diese Verfehlung auf rothfußsch*e Art erbost unter die Nase zu reiben.
*Familie der mütterlichen Seite
„*Dein* Gepolter hört man viel besser. Das hört man im ganzen Haus", sagte ich schlicht und wertungsfrei, und ging nicht groß auf den Tadelhagel ein.
Nach einer Weile käbbelten sich Julchen und Ming. Das Julchen tat´s mit leisem Augenzwinkern, doch Ming, der sich ja mit dem Bernhard auf ein Bier verabredet hatte, wirkte ganz begossen davon.
Es ging darum, daß das Julchen immer alleine essen müsse, und daß es ihr in der Nacht so

schlecht ging, als Ming ihr die plärrende Kleine brachte, statt das Kind mit einem lustigen Kindervideo abzulenken.
„Ich hab gemeint...."
„Siehst du: Ich, ich, ich!!!" sagte das Julchen.
Dann entschwand der begossene Ming in die Nacht, und kehrte erst zu später Stund´ wieder zurück.

In der „Stadtperle", einem schicken Lokal, wo man die Sorgen zumindest kurzzeitig abstreifen kann, hatte Ming sich so sehr gefreut, die goldige Sarah, ein junges Engelchen, das uns im Sommer bei unserem Festival geholfen hatte, als Bedienerin wiedergetroffen zu haben, und nun gab er ihre lieben Grüße auf die gefühlvolle Art Buzens ganz gerührt weiter.
Über den Bernhard allerdings hatte Ming sich erzürnt: Er unterstütze die „Gezeitenkonzerte", und verbreitet die landschaftliche Falschaussage, *wir* hätten doch alles ins Rollen gebracht! Und über unseren „Musikalischen Sommer", das Original, sagte er einfach: „...habt ihr gut mitgehalten!"
Das Julchen war angewidert hiervon, und immer mehr fühlt man sich von der reinen Blödheit in die Ecke gedrängt.

Sonntag, 2. März

Klar & grau. Relativ kühl. Doch mir gefiel´s

Das Pröppilein babbelte so süß! Es babbelte ununterbrochen, und einmal setzte sich Ming ans Klavier um ein wenig Beethoven zu spielen.
Wie ein Bulldozer rast das Konzert bei der Hannelore auf mich zu. Die unbarmherzig dahinschreitende Zeit hat die schützende Monatsbarriere hinweggebröckelt, und in meinem Bestreben, alles auswendig zu spielen, wartet noch einiges an Arbeit auf mich.
Nach einer Weile übte ich für die Eröffnungsfeier bei Bio Baier ein Duo von Dozzauer für Violine und Cello, das der Christoph-Otto ausgesucht, und über das er so nett geschrieben hatte, dies sei doch wohl ein wirklich lustiges Werk?

Ich hatte bemerkt, daß alles, was ich von meinem Läptop aus verschicke, (beispielsweise die Werbematerialien an die Zeitungen) nur ganz verschlüsselt in Form eines gänzlich unverständlichen Buchstabensalats ankommt.
Und nun hatte ich wieder ausgelost, zwei Zeitungen aus dem Landkreis Waldshut zu

bemailen, doch mein Läptop der Marke „Hollywood" kostete mich Zeit. Mindestens fünfmal mußte ich den Stick wieder deinstallieren, und den Computer neu starten, da nun direkt nach der PIN-Eingabe das kleine Pin-Eingabe-Quadrat wie selbstverständlich erneut erschien, und mich auf´s Aufdringlichste aufforderte meine Pin einzugeben, die ich doch soeben gewissenhaft eingegeben hatte! Erinnernd an einen schamlosen Menschen, der einen €uro fordert, selbigen in der Hosentasche verschwinden lässt, und seine fordernd geöffnete Hand unmittelbar danach erneut emporschnellen läßt, um bebend vor Gier und Ungeduld den nächsten €uro zu fordern.

Ming hatte dem Pröppilein erlaubt, am Fuße der Treppe mit den Schuhen zu spielen, doch wenn es hinauf wolle, so müsse es erst den Papa fragen, und daran hielt sich die Kleine rührenderweise.
Hinzu hatte der süße Ming nach Art vom Opa, als Rehlein noch ein Kleinkind war, auf einem weißen Blatt alles notiert, was das Pröppilein heute gesagt hat: Nämlich gaaanz viel! „Mama" „meine Mama" und „bitte".

Ständig befrage ich Ming interessiert nach dem gestrigen Herrenabend mit dem Bernhard, und

tatsächlich fiel Ming noch etwas ein, was der Bernhard gesagt habe: Ein Herr, dessen Name ihm entfallen sei, hätte einfach gesagt: „Die Königs haben eine Grenze überschritten!" (?) Und dies habe er einfach „so" und ohne irgendeinen Anhaltspunkt, fußend auf vagen Gerüchten gesagt und verbreitet.: Was man wohl so gehört haben will? – „Man hört so manches!"
Ich stellte mir allerlei vor: z.B. ein Büchlein mit dem Titel „Auf ein Bierchen mit Dr. Bernhard C.".
Dann aber wechselte ich das Thema und erzählte Ming, daß unsere Oma Ella heut vor 100 Jahren ein klitzekleines bißchen jünger war, als es das Pröppilein heute ist. Ich versetzte mich in jenen Tag hinein, der doch wahrhaftig irgendwann mal stattgefunden haben muß, und sah die kleine Ella vor mir. Ein hessisches kleines Wanst, dessen Mutti soeben ausrief: „Solln wa denn mit dem Mädchen 'n bißl raus gehen?"
„Das ist erstmal interessant, was heut *in* 100 Jahren wohl so abgeht?!" sagte ich sehnsuchtsvoll, da wir dies wohl kaum noch erleben? Doch man kann es sich ja ausmalen:
Zu einem süßen kleinen Buzzewackele sagt man womöglich: „Heut vor 100 Jahren war Omis Oma, die alte Yara, so alt wie du! Kaum zu glauben!"

Und das, was die sich dann ausmalen, das sahen wir heut in Natura!

Als sich die jungen Leute zu ihrem obligatorischen Frischluftsgang verabschiedet hatten, trug ich zunächst, auf dem roten Sitzklos sitzend, Dichtschulden ab – halt! Noch zunächster spülte ich das Geschirr, und nach einem faden Wellness-Stück im Radio, währenddessen der stringente Ming nochmals zurückkehrte, lief gottlob ein zündendes Werk: Die Overtüre zur „verkauften Braut"!
Begeistert lauschte ich den Klängen, während ich das fragile Geschirr im fragilen Wandschrank aufstellte.

Ich zeigte Ming das liebliche Bildnis der kleinen Lisbeth - Töchterchen von Carl Larsson. Auf der Postkarte frisch und bezaubernd wie der junge Frühling, heut jedoch mit an Sicherheit grenzender Wahrscheinlichkeit bereits verstorben, da das schöne Portrait aus dem Jahre 1894 datiert.

Der Tante Bea schickte ich das gewünschte achte Kapitel aus meinem autobiografisch getönten Roman über Amerika, in welchem der Besuch vom letzten November ausgewalzt wird.

Der Wenigzeiler, den ich hinzu schrieb, war sehr freundlich. *Mit viel Liebe!* beendete ich die Zeilen, doch handelte es sich hierbei lediglich um eine „amerikanische Liebe", die nichts zu bedeuten hat, denn in Wirklichkeit liebe ich das Beätchen nicht mehr, und müßte es auch gar nicht mehr sehen.
Doch brieflich bleiben wir in Verbindung.
Man muß sich ja wundern, daß das Beätchen, das so geizig mit seiner Zeit ist, das alles überhaupt liest. Doch ich nehme an, daß sie das Ganze in lauernder Attitüde studiert, um den wie einen Flitzebogen gespannten Satz, der sich in ihrem Inneren bereits gebildet hat, endlich lustvoll abzuschießen, und die Legitimation hierfür, vor ihrem eigenen Gewissen wasserdicht zu zementieren: „Die kommt mir *nicht* mehr ins Haus!"
Wäre das Beätchen ein bißchen netter, so hätte es zum letzten Kapitel doch einiges Selbstzerknirschtes schreiben können?
Da kehrte die kleine Familie vom Frischluftschnappen zurück, und das Pröppilein heulte laut und barmend. Ich nahm die kleine Fuchskasperlepuppe zur Hand, und heulte damit noch lauter und barmender, so daß das Pröppilein mit seinem Geschrei kurz innehielt, um dem Geschrei der Fuchskasperlepuppe zu lauschen.

Ming kann einem ja leid tun.
Das müde Julchen hatte sich aufs Sofa gepackt um abzutauchen, und ich brachte Ming ein Glas Wasser und grabschte das Pröppilein an sein gepolstertes, bloßes Wadenbein.

Beim Versteckspiel im Treppenhause wurde das Pröppilei wieder sehr vergnügt, doch leider läßt sich die Laune bei einem Kleinkind nie lange halten.
Ein Vogel im Garten sang beständig: „Beee-Bi-Beee-Bi!"

Ohne mich beim Julchen abzumelden, verschwand ich zur „Tante Olli".
Die Nester in meiner schwarzen Kellnerinnenbörse versiegen so allmählich, und bloß der 50 € Schein, den mir meine Tante Antje für die Not geschenkt hat, ist immer noch da.
Zwei Richtige im Sechserlotto. Irgendwie gab mir dies doch einen Kick! Zweimal hatte JESUS meine Hand geführt.
(Dachte ich in US-Logik.)

Omi Birgit kam zu Besuch, es wurde gekocht & gegessen, doch ich nahm nicht an der Mahlzeit teil, weil ich ja um 20 Uhr 40 bei meiner Freundin Maria geladen war.

Die Dämmerung schien mir so zauberisch, und an diesem eindunstenden Anblick genoß ich herum, während ich versuchte, mir den letzten Satz von der Mendelssohn-Sonate untertan zu machen.

Das Pröppilein hatte das Metronom an sich genommen, und sich damit entfernt.

Einmal applaudierte es mir, und einmal fütterte es mich.

Nach getaner Arbeit raffte ich mich zusammen, und fuhr über die Landstraße zu den Naumanns.

Ich radelte durch die Nacht, und meine Hände wurden ziemlich kalt, so daß Rehlein entsetzt gewesen wäre. Um 20:39 mußte ich noch ein paar Anstandssekunden abwarten, dann klingelte ich mit meinem gefrosteten Zeigefinger, und freute mich, daß sich eine Gestalt näherte: Mutti Maria.

Die Zeiten, in denen die Kinder so anstrengend waren, daß man hätte toll werden mögen, scheinen schlagartig vorbei. Man sah die nämlich überhaupt nur noch auf dem Computer-Bildschirm, lächelnd als Desktop-Hintergrund.

Da schlurfte auch Vati Erhard herbei, und ich finde, er umarmt sich immer so schön.

Zunächst machten wir es uns zu dritt im Büro gemütlich, und schauten die 57 Fotos von Marias Geburtstagsfeier an. Lauter Grüppchen an Überreifen, und auch mich sah man dreimal. (Je komisch aussehend.) Ferner Märchenonkel Bernhard, von dem ich ja jetzt weiß, daß er die Gezeiten unterstützt, und es nicht fassen kann.

Man zeigte mir die Bilder, die die Familie in der Weihnachtszeit in Portugal geschossen hat, und ich erfuhr, daß es mit Omi Gabriele „gut" gewesen sei. Bloß am letzten Tag, da seise während einer Bischofsdiskussion etwas aus der Haut gefahren, und Schwiegersohn Erhard findet so etwas nicht gut.

Erhard & Maria wirkten müde – müde von der Feier, müde von dem anstrengenden Seniorenbesuch - und so war ich ganz froh, mich recht bald verabschieden zu dürfen. Mit meinem schwachen Lichtkegel am Fahrrad fuhr ich den Ostfriesland-Wanderweg entlang, und einmal radelte mir jemand entgegen. „Moin!" sagte eine angenehme Herrenstimme. „Moin!" sagte auch ich, und fuhr mit einem leichten Schauderkick im Nacken weiter, denn für diesen Herrn wäre dies doch wohl die ideale Gelegenheit für einen Lustmord gewesen? Nachts, einsam im Nebel – weit und breit keine Zeugen?

Wenig später fand ich mich im „Dolce Vita" am Fenstereck wieder, eingekeilt von zwei vollbesetzten Tischen, an denen je über klassische Musik gesprochen wurde, wie ich verwundert und erfreut konstatierte.

Die anderen Tische aber standen alle schief zur Seite gerückt, da die Wirtstochter bereits am Putzen war. Da saß ich nun mit meinem Buch über Huntsville, der Hauptstadt des Todes, die Ohren links und rechts an zwei verschiedene Klassik-Gespräche geheftet, und las über eine Pfarrerin, die ganz viele Gottesbeweise auf Lager hatte, wie sie einem Reporter in glühenden Farben schilderte.

Dem letzten begegnete sie erst vor zwei Wochen: Irgendjemand hatte ihre Autoscheibe kaputtgemacht. „Oh LORD, warum tust Du mir das an??" habe sie ausgerufen, und plötzlich sei ihr Körper von einem Wärmegefühl durchbebt worden, in dessen Folge die zerschlagene Frontscheibe gänzlich an Bedeutung verlor. Es war auch kein Ärger, wie manch einer jetzt hätte meinen können, sondern irgend etwas anderes....

Ja, so einen schlüssigen Gottesbeweis könnte auch ich z.Zt. ganz gut brauchen.

Daheim wünschte das Beätlein Kapitel Nr. 9

Montag, 3. März

Der März zeigt sich bislang eher im kühlen
Gewande. Somit sehr grau und kühl

Am Morgen hörte man Ming die wenigen
Luftblasen im Zeitgefüge die einem noch bleiben,
mit Beethovens Klaviertrio auskleiden. Dazu
babbelte das Pröppilein, und nach einer Weile kam
das Julchen, schön wie die Loreley, mit
gewaschenem Haupthaar das sie unter einem
Frottéeturban verbarg, die Treppen herab, und ich
nahm dem klavierspielenden Ming die Mühe und
Bürde ab, Brötchen & Milch zu holen.
„Kommt ihr mit?" rief ich den Damen in
aufgeworfener Saloppnesse zu, doch eher stiege
wohl ein Kamel durch ein Nadelöhr, als daß sich
das Julchen gleich zu Tagesbeginn zu einer derar-
tigen Unnötigkeit hinreißen ließe.
„Wir gehen nachher spazieren!" sagte das Julchen
auf eine, an die Tante Lisel erinnernde, neutrale
Weise, die beim Gegenüber das Gefühl hinterläßt,
in ihrem Leben keine Rolle zu spielen.

Später jedoch freute sich das Julchen, daß ich dem
Pröppilein ein weiches Brötchen mitgebracht hatte.

Wir aßen so herum, und immer wenn man die Gespräche vertiefen möchte, zieht mich das Pröppilein an einer Fingerzitze wieder ins Büro, wo es auf meinem Schoße sitzend, gebannt irgendwelche Videofilmchen verfolgt.
Einmal erlebte man es hautnah mit, wie ein Brief Rehleins eintrudelte, und mit Yaraleins Finger tippte ich „YARA" und „OOOMI", was gar nicht so leicht war, da sich das Fingerlein etwas schlapp und wurstig gab.

Ich setzte das begonnene Frühstück fort, und später bebabbelte ich Ming, der seinen Platz am Flügel schon wieder mit jenem am PC getauscht hatte, dieweil sich ein neues Kapitel auf seinem Lebenswege aufgetan hat: Anwalt von Wedel, Fachanwalt in Meineidsangelegenheiten.
„Seit ich Ming kenne, hat er immer solche Probleme!" sagte ich dem Julchen augenzwinkernd, „es begann mit dem Klöffler!"*

*Der Klöffler ist ein Arbeiter, den Ming einst zum Zwecke der Hausverschönerung angemietet hatte.
Ständig verlangte der Klöffler einen Vorschuß, der ihm, wenn zwar nicht ohne strenge Ermahnungen, auch gewährt wurde, und kehrte dann nicht wieder, so daß Ming beständig erboste und doch künstlerisch ausgefeilte Briefe schrieb, wie einst der Opa. Mit dem

steil in die Höhe gereckten Zeigefinger wurde der Klöffler in diesen kunstvollen Schreiben anmoralisiert, belehrt und betadelt, doch Schwiegervater Willi riet, sich kürzer zu halten, und die Sache auf den Punkt zu bringen….

Der Besuch vom Christoph-Otto zur Dozzauer-Probe stand unmittelbar bevor, und Ming erzählte mahnend von einem Cellisten, der einst beim Versuch, seinen Stuhl optimal hinzustellen, mit seinem Cellostachel den ganzen Parkettboden zerstochen und verkratzt habe.

Der Christoph-Otto klingelte an der Türe, und davon ist das Baby wach geworden. Auf den Armen von Mutti Julchen wurde es wieder in die Stube getragen, und man erhaschte einen Blick auf die appetitlichen und speckgepolsterten Haxerln.
Wir musizierten.
Den letzten Satz nannte der Christoph „Kehraus", und eine Stelle fand ich schööön!
Wieder wurde mir eine Auftrittsmöglichkeit geboten: Zum übermorgigen 79. Geburtstag vom Opa Werner, wo ein „verzeihendes" Publikum auf einen warte. „79?? Aber der wurde doch mal 66!" sagte ich ganz entgeistert, denn hatte der Christoph nicht erst vor kurzem den Hit „Mit 66 Jahren.." für seinen alten Vater umgearbeitet?

Die jungen Leute arbeiteten unermüdlich für das große Sommerfestival.

„Ach Gottchen!" sagte Ming mal müd, da Buz alle Notizen in das Ringbuch das man ihm gegeben hatte, falschherum und von der anderen Seite her hineingeschrieben hatte.

Ich als Dichtende inmitten Arbeitender fühlte mich etwas fehl am Platz, und somit verlegen. Das Julchen hatte Hunger.

„Soll ich dir ein Brot schmieren?" frug ich nett.

„Nein".

„Das kann ich aber ganz toll!"

„Das glaub ich." (Müd und geistesabwesend)

Da retirierte ich mich wieder zum Üben, und übte so lang, bis ein anderes Ausloseresultat mich von meinem Übfleiß hinwegtrieb: Mich für das Orchester in Kassel zu bewerben.

Ich feilte gedanklich bereits an einem bündigen Schrieb, der so klang, als käme er von einer Amerikanerin, die recht gut deutsch spricht und plane, sich für den Rest des Lebens in Grebenstein niederzulassen.

3. März
(Montag)

schrieb ich, und ein Anfang war zumindest gemacht.

Ming in meinem Nacken war in Aufräumeschwung geraten, und ich staunte nicht schlecht, wie rasch sich unter seinen geübten Händen eine gewisse Ordnung in dem völlig vermüllten Kabüff zu bilden begann, und als der Emsige sich die Traueranzeige des verstorbenen Herrn zu Knyphausen griff, fiel ihm plötzlich ein anderer Verstorbener ein: Buzens väterlicher Freund Schütti (96 Jahre)! Heut in einer Woche ist Beerdigung.

Dann wiederum rief jemand an, und ich erkannte Onkel Dölein, der schon vergebens versucht hatte, uns zu beskypen. Für Onkel Dölein schaut´s ja nach den neuesten Hiobsbotschaften tatsächlich so aus, als stünde Ming unmittelbar vor einer Inhaftierung, und in Amerika wartet auf eine uneidliche Falschaussage womöglich gleich eine Haftstrafe von 25 Jahren ohne die Möglichkeit einer vorzeitigen Begnadigung?

Unverständnis bei Onkel Dö auch darüber, daß die Gegenseite eine Klage erhebt, und wir dann zahlen sollen?

In dem onkeligen Telefonat, das sich bald in ein Skypat umwandelte, schien Ming einen kleinen Winkel gefunden zu haben, wo er sich – Raum und Zeit enthoben - von den täglichen Mühen vorerst abkehren konnte, um Zuflucht in einem fernen Zimmer in Amerika zu finden.

Ming lobte Onkel Döleins Zähne, die auf dem scharfen Bild so überaus gut aussahen, und dann begrüßte man Döleins Tochter Julie, die mit ihren beiden Buben und einem Lächeln im Gesicht im Hintergrund auftauchte.

„Sag „Hi!"" sagte man zum kleinen Alexander, und der kleine Alexander sagte artig „Hi!"

Fast hätte ich angesichts dessen, daß das Pröppilein keine Befehle ausführt, gesagt: „Siehst du, der funktioniert!"

Mitten in mein Bewerbungsbemühen hinein tönte der Wecker zu meiner Freizeitgestaltung auf, und trotz der Härsche des Wetters fuhr ich nun erstmal zum Combi hin.

Die Bild-Zeitung hatte sich etwas einfallen lassen: „Bald Krieg in Europa?" schürte sie auf sadistische Weise Angst in millionen Seelen.

Ich ließ mir ein Mettbrötchen richten, und vor dem Tore kaufte ich dem milden Griechen in seinem Wägele ein paar dicke Bohnen ab.

Der gute Mann, der immer so leckere Sachen anbietet, erließ einem Friesen 28 Cent, nach denen in einem welken Börsl sehr lange kopflos, erschüttert und vergeblich herumgesucht wurde, und fast hätte *ich* diesen kleinen Schuldenberg übernommen, wenn der Grieche nicht so überaus generös abgewunken hätte.

Bald schon freute ich mich über die angenehm apere Stube in der „Tante Olli", wo man sich immer fühlen darf, wie in der Kur oder auf dem Zauberberg.

Doch genau an meinem Stammtisch saß ein mondkalbartig stumpfes Ehepaar und verzehrte eine Currywurst.

Der bürstenhaarige Tagelöhner, der immer am Spielomaten herumklimpert, richtete aufdringlichst das Wort an mich: „Wie geht's Dir?"

„Gut" sagte ich ganz knapp, und nun sprach er mich bei Kaffeezapfen ganz unverhohlen an: „Junge Frau", nannte er mich und warf den Angelhaken aus. Extra seinetwegen mußte ich mich somit ganz weit hinwegsetzen, weil mir der Sinn nicht nach dürftiger Konversation stand.

Ich las so allerlei: Ein 79-jähriger Amerikaner wurde ausgesandt, seinen Urenkel von der Schule abzuholen, und brachte einfach ein falsches Kind mit nach Hause! Ob Buzen etwas derartiges auch passieren könnte?

Ferner las man über einen rabiaten chinesischen Familienvater, der in Düsseldorf zwei Anwälte erstach. Morgens brachte er noch ganz normal seine Tochter in die Kita, doch dann zog er los um Rache zu üben.

Einmal hatte er nämlich seine Chefin georfeigt, und sollte ihr 2700 € Schmerzensgeld zahlen. Da fühlte er sich von seiner Anwältin nicht gut vertreten, und übte somit Blutrache.

Ferner las man, daß in Praetoria der Prozess gegen den einbeinigen Pistorius eröffnet wurde, der die Jurorern glauben machen möchte, er habe seine Freundin erschossen, weil er sie für einen Einbrecher hielt.

Plötzlich stand wie aus dem Nichts Simone Best* im Raum. Leider schaut sie nach all den Jahren nun doch wieder aus wie ein Mann. Das halbherzig wachsengelassene schüttere Haar könnte auch auf einem Herrenhaupt überzeugen. Aber die vielen Lachfältchen um die Augen wirkten so sympathisch, so daß es dem Gegenüber ganz egal sein dürfte, ob dies nun Herr oder eine Dame sein soll.

*Ein Herr, der sich einst zu einer Dame umoperieren ließ.

Der andere Herr mit der Bürstenfrisur hatte einen weiteren Herrn zum Plaudern gefunden, und man hörte ihn das platteste Zeug, das man sich überhaupt nur vorstellen kann, zusammen-

politisieren. Themen, die in meinem Kopf keinen Halt fanden.
Bald fuhr ich wieder heim.
Leider war mein Händi abgängig. Mein Hab & Gut hat sich auf unübersichtliche Weise im Haus verteilt, und in meine eiskalte Rumpelkammer oben gehe ich nur noch selten.
Ich scännte meine Zeugnisse, und tatsächlich gelang´s mir, die Bewerbung für Kassel startklar zu machen.

Abends war gekocht worden. Eigentlich wollte ich mir und den anderen einreden, daß ich einen anderen Biorhythmus häbe, und lieber etwas später äße, doch mir zu Ehren hatte man doch extra Kohl gebraten! Da langte ich natürlich zu. Ob es Julchens Brustkohl sei?
Ja, aber nur der Rest davon.
Wenn auch auf heitere Weise erzählte das Julchen, daß sie sich wie eine 97-jährige fühlen würde. Ihr täte alles weh: Kopf, Augen, Zähne, Hals usw.
„Vielleicht bin ich durch und durch mit Krebs angefüllt?" mutmaßte sie lose.
Das Pröppilein war lebhaft, und babbelte so quasi ohne Punkt und Komma.
„Das ist schön, ein eigenes Kind zu haben!" sagte Ming froh und dankbar.

Dann zeigte das Pröppilein, wie es bereits gelernt hat wie man die Zähne putzt. Dazu griff es sich Mings Zahnbürste, und entfernte sich damit.

Abends stand man hindess vor dem Problem, daß das Pröppilein nicht müde wurde. Sogar Omi Birgit mit Rat & Tat war zur Vorabendeßzeit kurz bei uns zu Gast gewesen, entfernte sich dann allerdings diskret, als aufgetischt wurde.

Das Julchen lag entkräftet auf dem Sofa, das Pröppilein saß auf meinem Schoß, schaute sich ein paar Videos an, währenddessen ich einen langen Brief für Rehlein & Buz zusammentippte.

Zum Christoph-Otto hatte ich heut gesagt: „Ich habe in diesem Leben nichts mehr vor."
Aber gegen 23 Uhr bat mich Ming, mit meinem Dozzauer-Geübe innezuhalten, da es zu freudig klänge.
Mein Geld rieselt so allmählich aus. Ming hatte ich zu seinen abendlichen Einkäufen noch vier 5 € Scheine gereicht, zumal sich auch noch in einem Gummihandschuh ein Loch gebildet hatte.
Glück im Unglück hatte ich auch: Beim Käsehobeln schnitt ich mir leicht in die Hand, und

es quoll sogar etwas Blut hervor. Doch dies hätte führwahr auch schlimmer kommen können.

Mit einem dampfenden Karokaffee suchte ich zu später Stund noch in Buzens Zimmer mit einem guten Buch zu entspannen. Doch da bat mich das Julchen, die Wäsche aufzuhängen. Auf Schwiemu-Art fand oder finde ich ja, daß es das Julchen mit der Wäscherei etwas übertreibt – aber unlängst hörte ich das Julchen zu Ming sagen: „So ist das nun mal bei einer vierköpfigen Familie!"

Das Pröppilein schlief und schlief nicht ein.
Nach 23 Uhr buzzewackelte es immer noch herum.
Vergebens hörten wir uns bei Youtube ein paar Schlummerhits an, doch die fand ich so langweilig. Etwas von Grieg zwar, aber so langweilig interpretiert!
Andere schienen dieser Meinung jedoch nicht, wie begeisterte Hörerbriefe unter dem Videoclip verrieten: „Ich mach mir sonst nicht so viel aus Classic, aber diese Musik ist schööön!!!" schrieb jemand, der sich sonst nicht so viel aus Klassik macht, schwärmerisch.

In „Extra" ging's heut um extremes Übergewicht: Ein junger Mann (21) hatte 75 Kilo Übergewicht und machte sich Sorgen um diesbezügliche Auswirkungen auf seine Gesundheit.

Zu später Stund schickte ich der Bea das 9. Kapitel und schaute ihren letzten Dürrzeiler etwas genauer an: „Next please…beate". Beas Dürrzeiler werden somit noch dürrer und kühler, weil sie sich womöglich beleidigt fühlt?

Dienstag, 4. März

Zunächst zögerte sich die Schönheit des Wetters auf norddeutsch zurückhaltende Weise noch etwas hinaus –
doch ab Nachmittags gefiel's!
Richtig schön

Ich wuchtete mich aus den Bettfluten, und zog die Läden empor. Ein Lächeln! Der März begrüßte einen freundschaftlich. Wenig später fand ich mich im Frühstücksgeschehen wieder.

Das Pröppilein wackelte mir aus dem Ashram entgegen, und lief mit gesenktem Haupt auf mich zu.
„Die will dich begrüßen!" sagte Ming fast tadelnd, d.h. Ming wollte mir vielleicht einfach nur Mut zum herzlichen Begrüßen machen? Doch das Pröppilein umklammerte meinen Zeigefinger, und zog ohne Rücksicht auf den Zugwinkel an mir herum.
„Die will etwas <u>ganz</u> anderes!" sagte ich lachend.
„Ich finde die Kika macht das genau richtig!" hörte man das Julchen sagen, während ich vom Pröppi von der Frühstückstafel hinfortgezogen wurde.

Mit einem weichen Fußball in den Händen saß das Pröppilein auf meinen Knien.
Wir schauten „Theeeeeooooh, wir fahren nach Lodsz!" mit der damals blutjungen Vicky Leandros aus dem Jahre 1974, als wir alle noch so herrlich jung waren! Z.B. auch der mittlerweile greise James Last, der damals begeistert neben der Gesangsikone stand.

Das Julchen strebte mit der Kleinen zu Aldi, wo es seit heute neue Hausschühchen im Sonderangebot gibt, und mich wies sie sehr nett nach Art einer engagierten Stiefmutti auf die kostengünstige und qualitativ hochwertige Unterwäsche hin. Dann warense weg, und Ming telefonierte mit Buzen.

Ming sprach geringschätzig über jemanden, der als „raffinierter Schachzug" ins Geschehen eingesetzt werden sollte: Einen 15-jährigen Cellisten, der nichts tauge, jedoch von mächtiger Hand gefördert würde – dies erfuhr ich jedoch erst später.

Versonnen saß Ming später mit zart nach oben gebogenen Sultansschuhe an den Füßen in einer Denkerpose auf dem Klosett, dieweil Mings Leben z.Zt. sehr schwer ist. Zum Üben kommt Ming nicht mehr. Das Geld geht uns aus, und ich denke und rechne schon dauernd rum. Vielleicht nimmt die Hannelore das Konzert diesmal als bares Geburtstagsgeschenk, und in die Konzerte in Lauchringen und Löffingen kommt womöglich niemand, da es Orte sind, in denen die Kultur kaum eine Rolle spielt?

Reißverschluß am Rucksack kaputt, Geigenkasten zerfällt, Konzertschuhe abgewetzt und aus dem Leim gehend, keine Post. Na, wenigstens spielte ich den letzten Satz von der Mendelssohn-Sonate ziemlich gut, auch wenn sich ein Gedanke unschön dazwischengezwickt hat. Bei Youtube hatte ich nämlich bemerkt, daß es durchaus noch eine andere Mendelssohn-Sonate gibt (op. 4) und wer sagt mir, daß die dumme Sabine nicht *die* geübt hat, nachdem sie doch auch die zweite Grieg-Sonate vorgeschlagen, und die Noten der dritten geschickt hat?!

Nach einer Weile fuhr Ming zu Schüttis frisch verwaistem Sohn Fritz-Werner, um die Beerdigungsmodalitäten zu besprechen, und währenddessen kehrten Julchen & Pröppilein von Aldi zurück. Pröppilein mit goldigen neuen Herzschühchen an den Füßen, womit sie nun noch mehr an einen kleinen Herzog erinnerte.

Neben dem Flügel stehend übte ich allerlei. Ich vernachlässigte allerdings mein Wochenprogramm zu Gunsten der anstehenden Werke für das Konzert bei der Hannelore.

Leider mußte ich mich bei meinen Botengängen am Nachmittag zwiefach in eine lange Schlange einreihen, und auf der Post ärgert mich dies ganz besonders, da die Wartenden wohl keinesfalls aussagekräftige Briefe hinbringen, wie es in meinem Sinne wäre, sondern bloß ihre Bankgeschäfte abwickeln. Die Kunden pflegen erbost ein Mahnschreiben zu zücken, rechten kläffend herum, man versteht nicht so recht, um was es geht, und der Fachmann am Tresen ist gezwungen seine sterile Höflichkeit beizubehalten - und ein lärmendes Kleinkind in seiner Karre nervte zusätzlich.

Es gehörte einer dunklen jungen Mutti mit einer in die Höhe ragender Stöpselfrisur, und einem dünnen „Mitten-im-Leben"-Typus mit schlüssellochförmigem Kopf und gegeelter Igelfrisur, und dieser Herr hat das bockige kleine Mädchen mal aus der Karre genommen und daneben aufgestellt, so daß es im Stehen weiterplärrte. Seiner Beziehungskistenhälfte reichte er 50 € und entschwand.
(Wohl auf Nimmerwiedersehen?)
Vorn am Tresen wetteiferten drei Beamte mit ihrer Beamtentüchtigkeit.
Anke Poehlke mit ihrer frechen Rupffrisur, ferner jene mit den blonden Schnittlauchlocken die ausschaut als müsse sie Helga heißen, und Herr Romaneeßen, der keinen Blick mehr für mich hat, dieweil ihm womöglich zu Ohren gestiegen ist, daß „die Königs eine Grenze überschritten haben". (?)

Hernach radelte ich zur „Tante Olli".
Dort sperre ich meine Sorgen aus, und genieße die Sanatoriumsatmosphäre, die mich in eine andere Zeit und eine andere Welt versetzt.
Ich saß an meinem Stammtisch, mit Blick auf die kleine amerikanische Nostalgie-Tankstelle aus den 50er Jahren, die man dort neben der richtigen Tankstelle aufgebaut hat, und im Nacken tönte schon wieder das sympathische Gejodl von

Simone Best – klang allerdings wie von einem Mann.

Daheim hätte ich mich gern wieder sinnvollem Tun zugewandt, doch wieder war Pröppisitten angesagt.
Das Pröppilein hört sehr gern Rachmaninoff. Zu diesen Klängen nickte es ein, wachte allerdings bald wieder auf.

Als die jungen Leute bereits beim Abendbrot saßen, kam der krebskranke Herr aus der Glupe 28 zu Besuch, um einen Violinkasten abzugeben, dieweil ich die hineingebettete Geige testen möge.
Durch die Ohren vom Julchen hörte ich mich selber schnattern: Ich pries mich und den Christoph als Dozzauer-Interpreten, in welcher Funktion wir ja am Donnerstag bei der Eröffnungsfeier von Bio Baier zu brillieren trachten.

Heut fiel mir die Decke weit weniger auf den Kopf als gestern, und so lange ich übte, verlief mein Leben auch ziemlich glatt. *Zu glatt,* wie vielleicht von oben her gemeint wurde, denn als ich dann mal „Werbung für Lauchringen und Löffingen" ausloste, lief´s plötzlich alles andere als geschmiert,

da mich die Lahmheit des Läptops schier wahnsinnig machte. Hinzu kam eine gewisse Ratlosigkeit, wie diese Werbung bloß ausschauen solle? Man bemalt irgendwelche Kirchengemeinden mit einer Einladung, und fühlt doch nur ein Kopfschütteln als Resonanz.
Später schaute ich interessiert nach meinen Mails: Onkel Hartmut plant am Wochenende einen Grebensteinbesuch, doch ich sei „willkommen", zumal es der Onkel vielleicht nicht so gerne sieht, wenn ich zu lang in Aurich bin, und mich womöglich an ein Leben dort gewöhne? („Mit dem plärrenden Kind, statt unsere schöne Grebensteiner Wohnung gescheit zu bewohnen?")
Und tatsächlich gab´s mit dem Pröppilein schon wieder eine Einschlafsmüh´.
Man hatte es aus dem warmen Elternbett herabgeholt, und nun babbelte es durchs Telefon auf den Opa Willi ein.
„Der Meinung bin ich auch!" hörte man den Opa zu dem Gebabbel sagen.
Nein, das Beätchen hatte nicht geschrieben, auch wenn ich die Leere ihres Lebens in der orangegetönten kalifornischen Sonne bis hierher zu spüren glaubte.
Zu viele Prinzipien haben Beätchens Lebensglück erstickt, ohne daß sie es bemerkt hätte.

Bei den Kindern ist jetzt erstmal Sendepause angesagt, und der Jesse geht seiner eigenen Wege.

Die Nachbarn haben ihr anfänglich enthusiastisches Kennenlernungsbestreben auf ein schlichtes Grußgewinkel des Armes herabgefahren, da das zeitgeizige Beätchen allen das Gefühl gibt, ihr nur Zeit zu stehlen.

Jetzt hat sie viel zu viel davon. Sie mag mir aber auch nicht antworten, da sie meine Geschichten nach Anklagepunkten durchwühlt.

„Die kommt mir nicht mehr ins Haus!" möchte man mich und Rehlein den Undank spüren lassen, von dem man sich so unschön beschwappt fühlt.

„Wie oft war ich in 51 Jahren in Petaluma? EIN Mal!" könnte man lose zurückschreiben, „ich glaube, da besteht keine Gefahr!"

Nach Mitternacht schaute ich nach den jungen Leuten.

Der Beklagte Ming war sehr in eine dicke Anklageschrift vertieft – d.h., Ming bastelte an einem Antwortschrieb mit dem Tenor, daß die Mitarbeiter der „Landschaft" vor 1992 außer Teetrinken gar nichts gemacht haben.

Das Julchen wiederum war stolz darauf, wie schön es die Programmhefte wieder gestaltet hatte.

Mittwoch, 5. März

Freundlich

Heut träumte ich, *daß in fünf Minuten die Schule anfangen sollte.*
Meinen Schulweg sollte man sich folgendermaßen vorstellen: Eine sehr breite und hinzu unglaublich weite chinesische Treppe in einer asiatischen Millionenmetropole inmitten lebhaften Treibens wie in einem Wimmelbuch. Die Augen werden von unzähligen ungewöhnlichen kleinen Details angesogen, so daß man beim Treppaufstieg kaum vom Flecke kommt.
Hinzu befanden sich an der Treppe links und rechts unzählige Seitengassen, die man zwar benutzen konnte, durch die man dann allerdings unfaßbar viel Zeit verlor, denn der Weg zum Zielort würde auf diesen Wegen unerhört in die Länge gezogen. Einer führte über Salzburg, eine andere über St. Pölten, und nun hatte ich mich auch noch in der Gasse geirrt. Ganz abgesehen davon, daß ich es doch wohl niemals in fünf Minuten pünktlich zum Schulbeginn hingeschafft hätte!
Ich war schon so lange nicht mehr in der Schule gewesen, und fürchtete den Anschluß total verpasst zu haben. Und irgendwo auf diesem weiten Wege stand ja auch noch meine Schulmappe – frug sich bloß, wo?

Die jungen Leute raschelten vor meiner Türe, dieweil heut Babyschwimmen angesagt war.

Ich in meinem Bettgebräu hörte den süßesten Ming mal so zärtlich „Kikalein" flüstern.

Dann warense weg, und mir wiederum war bis um 11 Uhr eine sturmfreie Zeit beschieden.

Mein Buch über Huntsville kantete sich dem Ende zu, und im letzten Kapitel ging's folgerichtig auch um das letzte Kapitel im Leben: Den Tod.

Der Kandidat wird auf der Pritsche angeschnallt, dann senkt sich ein Mikrophon herab. Die letzten Worte erklingen, und oben schaut die Familie des Todeskandidaten aus einem, und aus einem anderen Fenster die Opferfamilie her – bloß, daß hernach eine seltsame Leere herrscht. Alle entfernen sich ganz leise und beklommen, und zerstreuen sich vor dem Gebäude wieder in alle Windrichtungen, und diese Leere und Beklommenheit breitete sich nun auch hier in unserem Hause aus.

Im Hintergrund plärrte unser Dozzauer-Duo aus dem Kassettenrekorder.

Schon rieselte die kostbare Zeit aus, als der Christoph-Otto anrief um eine kleine Verspätung anzukündigen. Weitere 30 Minuten waren mir geschenkt – doch noch vor Ablauf dieser

wertvollen Zeitspanne kehrten die jungen Leute vom Babyschwimmen retur.
Ming, mit gerecktem Zeigefinger vor den Lippen, und selbige zu einem fast lautlosen „Psssst" verzogen. Ich zog die Schulterblätter in die Höh´, schloß die Augen, so daß es sich für mich anfühlte, als sei ich unsichtbar geworden, und rollte die Lippen solcherart ein, daß man sie gar nicht mehr sah, und unter lauter „Psssst" Verrenkungen versuchte ich den jungen Leuten auf ihren leisen Sohlen klarzumachen, daß ich mit dem Christoph-Otto abgemacht hätt, daß die geöffnete Tür ein Klingelverbot impliziere.
Sehr nett begrüßte ich mich auch noch mit dem Opa Willi, der auf selbstloseste Weise etwas Gerümpel ins Haus trug. Und währenddessen kam der Christoph-Otto, dessen Anwesenheit sämtliche Schwatzhähne in meinem Inneren bis zum Anschlag aufzudrehen pflegt.
Wir probten Dozzauer, doch bereits nach der ersten Zeile bat ich, die Phrase zu wiederholen.
„Manche Phrasen muß man einfach mehrfach spielen, um den nötigen Schick hineinzubringen!" brüstete ich mich mit aus der Luft gepflücktem Knoffhoff, dieweil ich bei diesen Worten gar nicht bedacht zu haben schien, daß der Christoph-Otto da nur „Rum-pa-rum-pa-rummpapa" spielte.

Ich erzählte dem Christoph-Otto vom Beätchen in Kalifornien, das sich in Form schmerzender Gedanken marternd durch mein Leben zieht, und ihrer feindlich zwiderwurzige Art, der man mit Worten überhaupt nicht beikommen kann.

Das Miteinander mit ihr erinnert direkt an diesen köstlichen Scherz:

Angeklagter zum Richter: „Ihnen kann man es ja nun wirklich überhaupt nicht recht machen. Breche ich ein, so werde ich verurteilt, und breche ich aus, so werde ich ebenfalls verurteilt.

Der Tisch war bereits so appetitlich für drei gedeckt.

Wieder gab´s eine köstliche Kohlpfanne mit Kohl und Kürbis, Reis und Pesto Rosso. Das Pröppilein war erwacht, und jedesmal wenn man es mit schlafgeröteten Wangen, und vom Schlafbehagen noch ganz durmelig umfasst, betrachtet, da scheint es etwas gewachsen, und die Frisur schaute plötzlich wild und gebauscht aus.

Einmal flüsterte es zwiefach ganz leise „Papa", und versteckte sich so süß unter dem Tisch.

Später mußten Gesicht und Hände vom Fett befreit werden.

Der Christoph-Otto bestaunte Julchens Programmheftgestaltungen. Konzert Nr. 3 wird von einem Foto von der Rie geziert, und grad so, wie der Bernhard es nicht gutheißen kann, scheint es durchflattert von lauter Asiatinnen.

(„Als wenn es bei uns daheim auf heimischem Boden nicht genügend qualifizierte Interpreten gäbe!")

Ich erzählte von Michael Barenboim, der sowohl von seinem Vater, als auch von seiner Mutter als jemand empfunden wird, mit dem das Zusammenspiel so sei, wie „mit jedem anderen auch".

„Doch mit Christoph-Otto B. ist es nie so wie mit anderen auch!" sagte ich nett, und der Christoph war ganz gerührt.

Schließlich fuhren wir los, und die Fahrten mit dem Christoph-Otto empfinde ich immer als warmes Wannenbad, aus dem man nicht so gerne wieder an Land steigt.

Ich erzählte schwatzhaft von jenem Roman, der in Sandhorst seinen Ausgang nimmt, und modulierte weiter zu jenem von John Irving: „Eine Mittelgewichts-Ehe", der, von mir gekauft, ungelesen in Mings Bücherschrank steht. Auf der ersten Seite wird „Eichbüchl" genannt, ein winziger Nachbarort von Ofenbach, weswegen ich das Buch doch überhaupt erst gekauft habe – im weiteren Verlauf des Buches findet dieser Ort jedoch keine Erwähnung mehr.

Ich erfuhr, daß Christophs 13-jährige Tochter „Mira" entgegen ihrer Überzeugung den Konfirmanden-Unterricht besucht, und ein mehr als mittelmäßiges Zeugnis mit nach Hause brachte: keine Eins, zwei Zweier, drei Dreier, und fünf Vieren! Doch Omi Rosemarie schenkte ihr für jede Vier zum Trost 5 €uro! Und zu dieser Erörterung hatten wir bereits das Stadttor von Jever passiert.

Christophs Eltern leben neben einem Hotel, und ich war als musikalischer Überraschungsgast angekündigt worden.

Eigentlich war ich auf eine größere Gesellschaft eingestimmt: Jenes „verzeihende Publikum", das der Christoph gestern so überaus humorvoll angekündigt hatte. Stattdessen war aber neben den Eltern bloß Christophs Bruder Hans-Martin zugange. Ihn, der bei seiner Geburt leider zu wenig Sauerstoff abbekommen hatte, mußte man erstmal aus dem Badezimmer hervorziehen, in das er sich verrammeln wollte.

Der Jubilator, Vati Werner, freute sich. Er wurde vergnügt, und auch seine ofenwarme Gattin Rosemarie fühlte sich als Bekannte so angenehm und bergend an. Im Wintergarten war liebevollst der Tisch gedeckt worden: In der Mitte stand eine große Schwarzwälder Kirschtorte, und an der Anzahl der Gedecke hat man´s ja schon erahnen können, daß dies wohl ein reines Familienkonzert würde?

Der Christoph musizierte zunächst poetisch klingende, selbstkomponierte Werke im Stile von Schumann auf dem Pianola, und den Wintergarten, wenn man von dort auch nur in ein kleines Gärtchen hinaus blickt, fand ich schön...der Hans-Martin griff sich einfach eine Saftflasche, setzte sie an, bog den Kopf in den Nacken, und trank in groben, großen Schlücken daraus. Vati Werner versuchte, diesem Unfug Einhalt zu gebieten und bemühte sich sehr, die Flasche wieder zurückzubiegen, doch der Hans ist einfach stärker. Er ließ sich nichts gefallen, bog den Kopf noch tiefer in den Nacken und trank die Flasche mit dem schönen Saft, der doch für die Gäste gedacht war, einfach leer.

Und nachdem die Flasche leer war, sang der Hans-Martin ein Lied, und sagte hernach lustvoll ein Tischgebet auf.

Manchmal mußte direkt ein wenig streng auf ihn eingemahnt werden, und statt unserem Dozzauer-Spiel zu lauschen, verzupfte er sich ins Fernsehzimmer. Dort blieb er einfach stehen, und ich

bangte um die Schätze in meinem Violinkasten (u.a. die ganze Gage von Ratzeburg).
"Den kann man doch nicht aus den Augen lassen!" bangte Rehlein in mir unfroh. Er fleezte sich aufs Sofa, und schaute "Brisant".
Seit mehr als 51 Jahren dürfen Herr & Frau Beyer den Herrn Sohn somit nicht aus den Augen lassen, und demnächst machen sie eine Donau-Reise und nehmen den Hans einfach mit.

Gleich zu Beginn unseres Spiels unterbrach Mutti Rosemarie: Sie wolle sich umsetzen, um mir als Geigender besser zusehen zu können.
"Der ganze Stress von Vorne!" stöhnte der Christoph gutmütig.

Uns wurde mit frenetischem Beifall gedankt, und hernach schaufelte Mutti Rosemarie ein großzügiges Eck der Schwarzwälder Kirschtorte in einen Pappkarton für Ming und Julchen.
Vati Werner, der religiöse Eiferer, schenkte mir eine kleine Zwergbibel und sagte auf verlegene Art, und wie nebenbei im Vorübergehen, dies sei immer noch das beste Buch das es gäbe.
"Ich lese meine Zwergbibel, und eß dazu ne Bergzwiebel!" dichtete ich.

Die Zeitung hatte einen Artikel über Kirsches „musikalische Leckerbissen" gebracht, und auf einem Foto sah man „Schwiegermutters Liebling" mit seinen langsam silbrig werdenen Löckchen, an der Seite von Landschaftspräsidenten C.. Die Nase in dessen Gesicht, rot, eine Spur zu groß und verformt, gibt ihm den Anstrich eines ertappten Sünders, und man könnte nicht einmal sagen, woran genau dies auszumachen wäre?

Ein Artikel, der die rechtschaffene Rosemarie B. erzürnt hat, und vorallem der Passus „eine kleine, feine musikalische Familie" wirkte derart lächerlich und unpassend für dies peinliche Gespann.

Zu gesetzter Stund fuhren wir nach Aurich zurück, und auf der Landstraße schien es einmal einen Stau zu geben, dieweil ein Warndreieck mitten auf der Straße stand.

Doch mir mit dem Christoph am Steuer geht's so, wie einst Anne-Sophie Mutter mit Herbert v. Karajan im Cockpit: „Abstürzen mit dem Maestro? Wunderbar!"

Kurz vor der Graf-Enno-Str. besuchten wir noch den hellerleuchteten Laden der braven Bioleute Baier am Vorabend der Neueröffnung. Die Belegschaft wirkte müde und gestreßt, und auf Art eines abgebrannten Musikanten warte ich doch

immer auf einen leisen Hinweis darauf, ob man für seine Mühen wohl belohnt wird?
Hausherr Thomas B., ließ jedoch lediglich anklingen, daß sie schon viel Werbung bei Leuten gemacht haben, denen der „Musikalische Sommer" noch gar kein Begriff war. Ob ihm dies Dank genug war?
Wir fuhren wieder heim.
Ich dichtete, und dann türmte ich einen Fleißberg, vorwiegend aus Übeinheiten bestehend, vor mir auf, der bis um 23 Uhr 38 dauern sollte.
Noch immer schufteten Ming & Julchen im Ashram.
„Ach Ming! Warum tun wir uns das an?" sagte das Julchen soeben, „so viel Arbeit!"
„Das frage ich mich auch", frug sich Ming auch.

„Ich muß dringend noch was anderes machen, sonst kann ich nicht schlafen!" sagte das Julchen zu später Stund.
Nein. Die Bea hatte auch heute nicht geschrieben, und mit jedem Tag, den sie nicht schreibt, rückt sie mir auch ferner, und wenn sie dann 14 Tage lang gar nicht geschrieben hat, dann denk ich vermutlich gar nicht mehr an sie?

Donnerstag 6. März

Licht grau bis zart sonnig

Sehr gut geschlafen habend, bereitete es mir am Morgen eine große Müh´, mein Gebein nochmals aus dem Bettgehäuse zu schwingen. Doch als ich die bloßen Beine in der Luft dann beim Schwingen sah, da wußte ich: Ich hab´s gepackt! – und ich verpackte mich auch schon gleich etwas vornehmer als sonst: Nämlich in mein – man möchte beinah sagen – „knuspriges" rotes Röckchen, für Teil I der Eröffnung bei Bio Baier.
Pröppilein auf Mamas Arm in der Küche war gleich begeistert mich zu sehen, strampelte sich auf den Boden zurück um meinen Finger zu ergreifen und mich unverzüglich ins Kabüff zu ziehen, und das, bevor ich noch frisiert war – geschweige denn die Kontaktlinsen überstülpt hatte. Dies tat ich, auf der Treppe sitzend, mit dem Pröppilein auf den Knien, doch mitten im Überstülpungsvorgang verließ das Pröppilein die Geduld, so daß es sich freistrampelte und die Kontaktlinse beinah auf den Boden geplumst wäre.
Jetzt zwickte bereits die Zeit. Der Computer spann auch, indem das schöne Desktopfoto, das Ming

und Pröppilein auf dem Sofa beim Schlummern zeigt, von feinen Äderchen durchzogen beständig an und wieder ausging, und mir war´s doch so peinlich, das Pröppilein beständig um Geduld zu bitten.

Ich bildete mir ein, Pröppilein hätte leis „Rachmaninoff" gesagt, also googelte ich etwas von Rachmaninoff herbei. Es spielte eine nervöse russische Pianistin, die vielleicht ihr ganzes Leben lang geübt hat, um ganz an die Spitze zu gelangen, Rachmaninoffs zweites Klavierkonzert.
Zu Beginn schaute man auf die entblößten, bleichen und leicht pummeligen Arme, dann rückte die Kamera weiter weg und man sah, daß sich das Ganze im vollbesetzten Saal des Amsterdamer Concertgebouws abspielte.

Am Vormittag herrschte eine entsetzliche Aufregung: Ming hatte gestern unbedacht eine Mülltonne hinweggerollt, die als Barriere im Garten aufgestellt worden war, und jetzt war das kleine Kind auf der Terrasse offenbar durch diese Lücke entwischt und verschwunden. Geistesgegenwärtig raste Ming zur Vordertür hinaus, und da stand es bereits neben dem Auto.

Bald darauf begab ich mich auf den Weg. Der aufmerksame Ming reichte mir noch einen Jutebeutel für die historischen Noten, und bat mich, direkt nach der Darbietung nach Hause zu eilen, um das schlafende Baby zu hüten. Wenn es weine, so solle ich <u>sofort</u> anrufen.

„Du mußt es aber auch ein bißchen trösten!" sagte Ming, und wie meist klang es sanft-tadelnd und bruddelig, so als wolle er damit, bevor das Baby überhaupt losgeplärrt hat, aussagen: „Daß du da nicht mal auf die Idee kommst!?!"

„Alles was der Ming so zu mir sagt, klingt immer sanft-tadelnd!" sagte ich, wenn auch wertungsfrei im Tonfall, und Ming schämte sich plötzlich so süß, daß man ihn nur liebhaben konnte.

Dann trippelte ich zu Bio Baier. Dort stand man zunächst wie bestellt und nicht abgeholt herum und schielt nach einem eventuellen Plauderpartner. Schließlich fand sich einer: Ein Herr mit weißen Locken, der stolz zu berichten wußte, daß er und seine Frau dem Chor: „Soli deo gloria" (gegründet von einem koreanischen Hobby-Messias namens Kim) beigetreten sind, und es sagenhaft fänden, Classixx zu singen!

Wir warteten noch kurz auf Ming und Julchen, und dann konnten wir mit unserem Dozzauer-Duo loslegen.

Besonders hat mich gefreut, daß das gottesfürchtige Ehepaar aus der Glupe 28 gekommen ist.

Nachdem das Werk verklungen war, hieß es plötzlich, ich müsse das Baby ja doch nicht hüten.

Von dieser Aufgabe entbunden trank ich nun Kaffee mit meinen neuen Freunden aus bunten Tassen, und mir wurde hinzu eine Blaubeerschnitte gereicht, die ich mit denen teilte.

Die Gespräche mit dem 71-jährigen Herrn drohten zu Beginn vielleicht noch leicht ins Altherrenhafte abzudriften, doch mit ein bißchen gutem Willen gelingt es einem doch wohl immer, Altherrenthemen zum Leben zu erwecken.

„Kennen Sie das Trio Trieste? Der Geiger spielt sehr zart!"

„Kennen Sie das Quartetto di Roma?"

„Die einzige Dame im Quartett war mit jedem einzelnen der drei Herren mal verheiratet!" (Dies sagte ich, und gab damit Worte Buzens weiter.)

-Eine Dame habe eine Doktorarbeit über „das Tempo" geschrieben, und meinte, daß sich die Tempi seit der Beethoven-Zeit verdoppelt hätten!

„Nein, das kann nicht sein!" (So ich.)

Auf dem Notenständer standen noch immer die schönen historischen Noten von Dozzauer – mit künstlerisch verziertem Deckblatt, groß und weich wie aus Lappen zusammengebunden.

In jener Gasse, wo die Schankstube zur „ewigen Lampe" steht, begegnete ich Christophs Gattin Uta, die unter einer zierenden roten Haube stak. Am Musikalischen Treiben ihres Mannes scheint sie nicht viel Anteil zu nehmen, indem sie nämlich heut nachmittag ebenso wenig zu kommen plant, wie bereits am Vormittag.

Am Nachmittag sollte das Dozzauer-Duo nämlich erneut vorgetragen werden, und wieder trippelte ich in meinen Stöckelschuhen zu Bio Baier, und kam schon wieder eine gute viertel Stunde zu früh an. Diesmal machte ich die Bekanntschaft einer bezopften Dame, der Schläuche aus einem Sauerstoffgerät in den Nüstern staken, und die mich einfach gleich duzte. Diese Dame befand sich in Begleitung einer anderen Dame mit Irokesengärtchen auf dem Haupt, und viel später, beim Knobeln nach unserer Darbietung, sollte ich über diese Damen noch so allerlei erfahren… doch zunächst lustwandelte ich durch den frisch eröffneten Laden, und hi und da stieß man auf Brotaufstrichsproben, die man auf kleinen

Tischlein für die Kunden aufgestellt hatte, und derer man sich bedienen durfte.

„Hemmungslos!" sagte eine quasselige Dame nett.

Wieder spielten wir unseren Dozzauer – zum drittenmal binnen 24 Stunden.

Unter den Anwesenden erspähte ich auch meine langjährige treue Sekretärin Frau Münch.

Für unsere Bemühungen bekamen wir je bloß eine Zwergbuddel (0,25l) Rotwein, von dem es hieß, er schmecke – ppff – Thomas Baier küsste die zu einem „o" geformten Spitzen seines Daumen und Zeigefingers, und ließ diesen Kuß in den Raum hinaus hüpfen.

Im Anschluß an die feierliche Eröffnung wurde ein Gewinnspiel gespielt: Derjenige, der mit 3 Würfeln eine 9 zusammenwürfele, bekäme einen schön ausschauenden historischen Stadtplan von Aurich *geschenkt*, und die irokesenverzierte Dame schaffte genau dies beim dritten Anlauf, und freute sich unglaublich! Sie käme aus Hamburg, und ihre sauerstoffabhängige Bekannte sei dieser Tage nach Aurich gezogen. Am Abend wollte sie dieser vom Schicksal bewatschten Dame dieses wunderschöne Geschenk feierlich überreichen – doch Pssst, noch nichts verraten!

Ich saß mit Frau Münch beim Kaffee und erfuhr allerhand: Nämlich, daß Frau Münch dem Joachim letztes Jahr zum 60. Geburtstag eine Karte mit einem sehr schönen Foto geschickt hat. Doch es kam nie eine Reaktion.
Dann erzählte Frau Münch, daß sie ihren Pudel Enzo von *meinem* Geld gekauft hätte. „Darf man somit sagen, ich hätte den ergeigt?" frug ich fröhlich, und freute mich unglaublich: Hat man auch sonst nicht viel im Leben bewegt, so hat man doch zumindest mal einen Pudel ergeigt.

Daheim entpuppte sich der Kuchenkarton von Frau Rosemarie Beyer als erste Sahne, wenn auch die Schwarzwälder-Kirschtortenstücke auf der Autofahrt „gewaltig ramponiert worden sind", wie die Tante Antje wohl schreiben würde?
Ming war auch ganz entgeistert, was ich da wohl für eine Schmirage auf die Gästeteller draufgelöffelt habe – doch es mundete allen.

Die Tante Bea hatte geschrieben. Sie griff meinen Wunsch „nach doppelt so vielen Buchstaben"(?) auf, und dabei hatte ich dererlei Unsinn weder jemals gewünscht noch überhaupt gedacht.
Deine oberflächliche Tante unterschrieb sie.

Buz & Rehlein reisen morgen nach Istanbul

Freitag, 7. März

Zunächst war der Himmel zwar mit einem Lächeln behaftet, doch dann wurde es grau und regenperlig

Hinweggepackt von den Verdrießlichkeiten dieser Welt, schlief ich zwar gut, doch kaum war ich wach, da umklammerten sie mich unverdrossen weiter, so daß es besser gewesen wäre, ganz verstorben zu sein.
Seit heute morgen um 7 Uhr sind Buz & Rehlein in der Türkei unterwegs, und mir geht das Geld aus. Hinzu kommt der chronische Energiemangel, der es mir verunmöglicht, den Alltag gescheit zu wuppen.
In der Ferne hörte man, wie sich Ming zu seinem allmorgendlichen Einkauf mit dem süßen kleinen Wammerl entfernte.

Wenig später, direkt nach der Heimkunft, griff das Pröppilein auch schon wieder nach meiner Fingerzitze, um mich zielstrebig ins Kabüff zu ziehen, bevor ich mit dem Frühstück überhaupt angehoben habe, und ich glaube, Julchen und Ming waren mir sehr dankbar, und diese geschenkten Luftblasen werden denen wohl fehlen, wenn ich im Süden bin?

Zu Beginn vom „Papa Pinguin" jubilierte die Kleine so vergnügt. Dann aber ließ sie mich wissen, daß sie etwas anderes wünsche.

Bei „Günther gestehe" hindess schaute sie ganz ernst, fast verdrossen auf den Bildschirm, und auch wenn ich längst spitz habe, daß es leider zu ihren Wesensmerkmalen zu gehören scheint, daß sie grundsätzlich auf nichts eingeht, was ich so vorschlage, so versuchte ich dennoch, sie fürs Schunkeln zu erwärmen, indem ich mit ihren Patschhändchen im Rhythmus der Frohnaturen mitzuklatschen versuchte.

An einer Stelle reckt die Vicky den Zeigefinger so anmutig in die Höh´, und es wäre ja possierlich, wenn Pröppi diese Pose übernähme, und man hernach sagen könne, dies habe sie von ihrer Tante Kika gelernt – aber nein.

Heut herrschte der letzte Gnadentag vor der Reise nach Süddeutschland, und einmal hätte Ming schon fast die Grieg-Sonate mit mir gespielt, doch in dieser Sekunde tönte auch schon wieder das Telefon.

Humorig gefärbt rief ich Ming noch nach, daß ich glaub, wir würden das Werk tatsächlich erst auf der Bühne erstmalig zusammenspielen.

Die Schule war aus, Scharen an Schülern radelten mir entgegen, und als wären es nicht genug, wurden nun auch noch aus der Drehtüre vom Carolinenhof ganze Trauben an lärmigem, unausgegorenem jungen Gemüse herausgequetscht, lauter unreife junge Leute mit Herdentrieb.
Ich dachte ein bißchen über den Brief von der Bea nach, der gestern gekommen war:...***Du willst ja doppelt so viele Buchstaben: die Berge sind grün...***in der Erinnerung fand ich den Brief leicht blöd, aber auch ein bißchen verloren und komisch. Beas Leben plätschert so lasch dahin, und wenn man sich in sie hineinversetzt, so muß man tatsächlich zugeben, daß es mühsam ist, aus diesem Leben etwas herauszuwringen, mit dem sich ein Brief gescheit würzen ließe? ***Deine (oberflachliche) Beate*** .

Wieder hatte ich mich, so wie eine Schildkröte in ihren Panzer, in mein gemütliches Leseeck in der „Tante Olli" zurückgezogen.
Draußen regnete es ein bißchen.

Ich dachte mir etwas aus, was man dem Beätchen schreiben könnte: ***Bist Du tatsächlich oberflachlich geworden, und nicht mehr oberkurvig wie einst als Du noch im „Tatort" mitspieltest und an der Met sangest?*** ← fand ich so ganz witzig. (Worte wie von der Straps-Babs.)

Daheim sattelte sich das Julchen zum Inline-Skaten, und das Pröppilein sollte es nicht mitbekommen. Doch kaum war das Julchen weg, da heulte es hi und da barmend auf, weil die Mama weg war.
Der süßeste Ming bastelte meine Autobatterie ein, doch oftmals nahm er sich auch so liebevoll dem plärrenden kleinen Bündel an, und zeigte dem Pröppi die kleinen Schneeglöckchen auf der Wiese. „….muß man ganz doll liebhaben!" sagte der süßeste Ming über die zauberhaften kleinen Blümchen. Gretels Balustrade ächzte und zitterte im Wind.

Ich trug das Pröppilein herum – voller Bänge, ob es mir wohl entwischt und auf die Straße hurtelt? Gemeinsam bepusteten wir den Nemo, der an einem Faden von einem Baumesast herabhing und für Ergötzen sorgen sollte, und schauten hernach von außen in die so schönen Zimmer hinein.

Ich schrieb der Sabine recht bang, und frug, ob wir wohl die gleiche Mendelssohn-Sonate einstudieren? Denn der Sabine sähe es wohl ähnlich, wenn ich nachher einen Brief mit folgendem Inhalt bekäme: *Asche über mein Haupt – aber Hannelore wünscht tatsächlich die selten gespielte Sonate op. 4!*

Da kam Mutti Julchen vom skaten zurück, und wir schilderten ihr so farbig, wie das Pröppilein sie vermisst habe. Erst vor einer halben Minute habe es aufgehört die Mami zu vermissen.

Ich arbeitete emsig an meiner Violine: Mendelssohn-Sonate 3. Satz, die Finger entzwirbeln, und das Ganze gut in meinen Kopf hineinzuhämmern.
Dem fleißigen Ming war es nun tatsächlich gelungen, ein kleines Zeitfenster für die Grieg-Sonate freizuschaufeln, und es zeigte sich, daß das Werk es zumindest rhythmisch „in sich" hat. Zunächst wurde mir aufgetragen, pröppibedingt nicht zu scharf zu spielen.

Ständig hebt Ming die Hände mitten in der Phrase von den Tasten, um eine schwer realisierbare Anmerkung anzubringen, und im letzten Satz konnte ich eine Stelle gar nicht: Über Mings Synkopen schwebend, galt´s zwei zusammengenähte lange C´s zu spannen, und ich begann mich zu fühlen, wie Frau Linke, indem ich den Ton in blinder Panik, und auf gut Glück aushielt. Als ich dann aber auf 10 zählte, da ging´s.

Samstag 8. März
Aurich - Grebenstein

Freundlich. Besonders am Nachmittag gefiel´s

So allmählich erwachte ich. Zwar in schönste Bettsüße eingemurmelt, doch der Bettschwere weiß: Hinter dem Deckengebräu lauern die Sorgen: Kein Geld mehr, und hinzu stand schon wieder ein Umzug nach Grebenstein an.
Noch lag ich im Bett und versuchte Energie für den hürdeligen Alltag zu bündeln.

Wenig später begab ich mich auf den Fußmarsch zum Duschhäusl, auch wenn´s einem mit der wohligen Schlafesschwäche wirklich eine unerhörte Mühe macht, sich auf den Beinen zu halten.

Hernach absolvierte ich erstmal einen zehnminütigen Packschwapp, wild und kunterbunt durcheinander, doch es bewegte sich wenigstens für´s Erste „etwas".

Ming hatte Brötchen geholt, und die Zeitung mitgebracht, und nun erlebten wir eine Riesenfreude: Gleich auf der Titelseite sah man die Midori höchst plakativ unter den fett gedruckten Buchstaben **„Grammy-Gewinnerin beim Musikalischen Sommer"**.

Das Wörtchen „Grammy" verwandelte sich in „Oscar", und im Inneren des Blattes war ein Riesenbeitrag über die Wundergeigerin zu lesen.

Gestern Abend waren sämtliche Briefe Mings aus dem PC hinfortgesogen gewesen, und hatten eine große Ratlosigkeit hinterlassen, und an meiner roten Lesebrille war ein Glas herausgebrochen.

Ob der schöne „Midori-Artikel" nun der Ausgleich für diese Verdrießlichkeiten war?

Gebannt versuchte ich, immer noch mehr in Erfahrung zu bringen, doch ich wurde vom Pröppilein erbarmungslos ins Kabüff hinweggezogen, während die jungen Leute absorbiert fachsimpelten, und sich um meine bevorstehende Abreise keinen Kopp machten.

Kurz vor dem Videobeginn jauchzte das Pröppilein in Erwartung eines Hochgenusses so bezaubernd auf, doch es wurde bloß eine Fehlermeldung angezeigt, und ein Ton kam auch nicht.

Das Pröppilein war mit einem Male so zutraulich. Bevor es zum obligaten 11-Uhr-Umschlummer ins Bett umgetopft werden sollte, mußte es mich noch verabschieden. Es hatte offenbar mitbekommen, daß ich verreise, und wollte mich nun so süß bewinken. Mich wärmte das freundliche Kinderlächeln in dem lieben Sonnengesicht.

Nach einer Weile war das Gröbste gepackt. Ich nahm am Frühstückstisch Platz, aß ungezählte Zwergschnitten mit Sanddornmarmelade. Den Artikel über die Midori, der raumfordernd bei uns herumliegt, hatte ich nun doch zu Genüge gelesen, so daß ich eher darüber nachdachte, statt mich erneut hinein zu vertiefen. Ich stellte mir vor, *wie Kirsche entgeistert denkt: „Jetzt werden die wohl größenwahnsinnig, die Königs?" Doch dann besinnt er sich auf sein vornehmes Lebensmotto, daß es „nur um die Musik ginge", und überstülpt den Gedanken im Geiste mit einer Käseglocke, auf daß er ihm nicht mehr aus den verbotenen Zonen des Gehirns entweiche.*

Viele denken in Friesenlogik: „Die Königs *können* einfach nicht mit Anstand verlieren!"

Dann dachte ich mir noch allerlei aus: *Wie Frau Rübel auf dem Geburtstag ihres Mannes eine Rede hält, und nach ein paar Belanglosigkeiten, dem Sekt geschuldet, plötzlich beschließt Klartext zu reden. Sie sagt: „Es tut mir leid, daß ich Dir nun vor versammelter Mannschaft Deinen Geburtstag verderben muß – doch was ist ein verdorbener Geburtstag gegen ein verdorbenes Leben?"*

.

Nebenan herrschte Hektik: Mit fliegenden Frackschößen (Worte wie von Anne-Sophie Mutter) versuchte man die Anträge an das Ministerium fertig zu machen, die noch vor zwölf auf die Post gebracht werden mußten.

In Julchens PC stak ein Brief mit dem Sujet: "Das geht gar nicht!"

Die Renate, die den Prospekt gegengelesen hatte, wünschte sich, daß jeder Name mit einem Bombast umpolstert wird: „Der feinsinnige Klarinettist Dimka Ashkenazy, Sproß einer Musikerdynastie, die sich bis 1000 v. Chr, zurückverfolgen lässt" (beispielsweise) statt:

„Dimka Ashkenazy, Klarinette". Nein, dies schrieb sie natürlich nicht – dies schrieb nur ich, um dem Leser *ihre* Gedanken in *meinem* Kopf so quasi unter der Lupe zu präsentieren.

Geht ja nicht davon aus, daß ein Dimka Ashkenazy, ein Iwan König jemandem bekannt sein dürfte. (So schriebse)

Mehrere Geschäftsleute riefen an, da sie ein Geschäft witterten, wenn sie das Eröffnungskonzert mit der Midori unterstützen.
Mittags knallte die Türklinke mal so laut.
„Kika!" hörte man das Julchen stöhnend murmeln, und Ming trat auch gleich tadelnd aus der Tür, um mir die Verfehlung pädagogisch unter die Nase zu reiben wie einst der Opa, und dabei war´s doch nur der Durchzug, und Ming wäre das Gleiche doch fast auch passiert.
Einmal bewegte sich die Klinke ganz langsam hinab, wie von einem Geist gedrückt. Omi Birgit.
Sie brachte einen Prospekt mit, der für den Freundeskreis des Musikalischen Sommers e.V. gedacht war, und den der Heiko so schön und künstlerisch gestaltet hatte.
Sie gehören dazu! stand darauf fast barsch zu lesen.

Beim Abschied erfuhr ich, daß Buzens schönes Zimmer, in dem er nun bald vier Jahrzehnte lang gewohnt hat, in ein Büro umgewandelt werden soll, und fühlte mich traurig davon.

Auch das Julchen umarmte mich zum Abschied so herzlich, und dann zeigte sich oben auf ihrem Balkon noch die Gretel, der die sensationelle Ankündigung auf der Titelseite der Ostfriesischen Nachrichten ja wohl kaum verborgen geblieben sein konnte.

Die Gretel staunte nicht schlecht: Hollywood kommt nach Ostfriesland.

Der Neuschwachhochdeutsche schrübe wohl nun an dieser Stelle „Hollywood goes Ostfriesland?"

„Was bieten die Gezeitenkonzerte alternativ", hatte ich Ming gefragt, allerdings noch keine Antwort erhalten.

Die Gretel sagte noch ´n bißl was: Es sei wohl schon getuschelt worden, daß da „was im Busch sei" für unser Eröffnungskonzert. „Leonskaja" oder vielleicht auch „Sol Gabetta!" habe man gemunkelt. Aber die MIDOOORI??? Da sei sie nun doch sehr und auch freudig überrascht!

(verstand die Gretel zu differenzieren)

Kirsche denkt: „Am Ende laden die Königs auch noch Däivid Gärröt ein", und den Namen „Däivid" denkt er äußerst fachkundig und gebogen klingend, mit einem schmalzigen „r".

Ich hatte ein bißchen Angst, daß mein Auto jetzt erst recht nicht mehr fährt. Doch nach einem kleinen „Puff" fuhr es los.
Man bewunk mich warmherzig, und auf dem Asphalt der Graf-Enno-Straße klopfte mein Auto, so als sei der Motor im Arsch. Ob ich wohl direkt zu Herrn Friese in die Werkstatt hinführe? Doch es herrschte ja Samstag. Schließlich hörte das Klopfen auch wieder auf, und ich tankte bei der „Tante Olli".

Die Überlandsfahrt nach Grebenstein empfand ich als geschmeidig wie nie: Ich fuhr durch schönsten Sonnenschein und hörte NDR-Culture. Hierbei erfuhr ich, daß Christian Tetzlaff, in seinem gestern abigen Konzert, der Alptraum aller Interpreten widerfahren sei: In Wienjawskis mörderischem fis-Moll Konzert riß ihm eine Saite! Doch er agierte seelenruhig, griff sich die Geige des Konzertmeisters und spielte einfach weiter, und nun hörte man ihn auch noch als Interpreten mit dem letzten Satz vom Brahms-Konzert.
„Einer der <u>ganz</u> Großen!" sagte der Moderator.

Zwar unwahrscheinlich routiniert und fließend (wie aus einem Guss), doch zu Beginn klang eine Stelle, die eigentlich eher lustig und fröhlich klingen sollte, wie von einem garstigen Kind, das unbedingt etwas haben will. (So fand zumindest ich.)

Ferner erfuhr man, daß Philipp Emanuel Bach ausgerechnet an Rübels 80. Geburtstag (heut) 300 Jahre alt geworden wäre – ein Herr, der immer gerne erlauchte und gebildete Gäste um sich scharte.

Am Rasthof Biggenkopf legte ich eine Rast ein, die ich zum Joggen nutzte. Zunächst rannte ich einen moosbepolsterten Schräghang in die Höh´. Man biegt links ab, muß sich vielleicht ein bißchen vor einem eventuellen Würger grausen, dann erstreckt sich ein Waldweg unbestimmter Länge, und ich stellte mir vor, dies sei der Weg nach Böhmen, und dabei denkt man natürlich noch ein Eckchen weiter: Nämlich an Rübezahl, der einst in diesen Wäldern heimisch gewesen sei. Ich kam unerhört weit. Bis zu einem hohen Stengel mit einer vogeligen Frisur. Daneben hatte sich in einem ausgehöhlten Baumstamm ein Brunnen gebildet, und dort bestaunte ich den Sonnenuntergang hinter den Bäumen.

Noch war´s nicht wirklich kalt, so daß man sich im Falle einer Verlaufung durchaus auch eine Übernachtung im Walde hätte vorstellen können.

4,1km vor Grebenstein rief der treue Ming an um sich zu erkundigen, ob ich wohl gut angekommen sei?
Bald darauf war ich daheim bei Onkel Hartmut und Tante Christa. Die Christa hatte so köstlich gekocht, und am Tische saß der Onkel.
Auf mich wartete ein üppiges Schweinefilet in Soße, umrahmt von goldgelben Kartöffelchen, und ich war Hambum und Christa auch so dankbar für diesen Hochgenuß.
Leider war das Ehepaar ganz rotgebraten, weil es heut so lang gewandert war.

Den Onkel konnte man nicht so gut genießen wie sonst, dieweil er nämlich so müd war. Beständig gähnte er bis zum Anschlag, und vermittelt das bleischwere Gefühl „am Ende angelangt zu sein".
Nun wolle er nur noch fernsehen:
Krieg in der Ukraine. Julia Timoschenko wird in der Berliner Charité gegen ihren Bandscheibenvorfall behandelt, aber auch der Jubilator Carl Philipp Emanuel Bach fand in den Schlagzeilen Erwähnung. Hernach kam auch noch

etwas Fußball, und ich schaute dazu auf Hambums Miene drauf.

„Der Hartmut schaut sich alles auf die gleiche Weise an!" sagte ich unbekümmert.

„Laß mich einfach schauen!" sagte der Onkel grämlich.

Später fuhren Hartmut und ich noch zum Rewe um etwas Sekt zu kaufen. Der Onkel kaufte auch noch etwas Schinken hinzu, und an der Kasse regte er sich über die vielen Alkis mit ihrem Schnaps auf, und verbreitete demgemäß eine trübe Laune.

Für die morgige Jubilatorin, Tante Elli, hatte der familienbewusste Onkel bereits zuvor eine Orchidee gekauft, die auf der Rückbank im Auto leider umgekippt war. Der Onkel regte sich sehr über diese Ärgerlichkeit auf, obwohl doch strenggenommen gar nichts passiert war. Doch z.Zt. steckt er in einer Seelenkonstellation, wo ihn buchstäblich die Fliege an der Wand aufregt.

Daheim legte sich der Müde dann eine Weile aufs Ohr, und ich beplabberte die Christa, beispielsweise über Kalifornien, wo ja auch eine Kusine von ihr angesiedelt ist. Das wäre ja ein Ding, wenn man die Tante Bea und die Kusine, Damen im gleichen Alter, miteinander bekannt machen könnte?

Die Christa ist immer sehr zugewandt, hört auf aufmerksame Weise zu, als solle ihrem Ohr kein noch so unbedeutendes Wort entgehen, und gibt einem nie das Gefühl, dummes Zeug zu reden.

Da wachte der Onkel wieder auf, und war etwas besser gestimmt, und nun erzählte ich denen ein bißchen davon, daß ich in Aurich kein Zimmer mehr habe. Mein Zimmer wurde zum Stauraum umfunktioniert.

Onkel Hartmut zu später Stund: „Ich bin z.Zt. ungenießbar."

Die Christa hatte in dieser sternklaren Nacht die Fenster weit geöffnet, um die Lücken, die die entweichenden Tabakschwaden wohl gleich bilden würden mit frischer Luft zu befüllen.

Neben Omis großem, klobigen und weichen Bett umarmte ich den umarmungsfreudigen Onkel warm zur Nacht.

Sonntag, 9. März

wunderschön

Die Nacht hatte meinen ohnehin dürftigen Energiehaushalt noch weiter hinabgedimmt, und so lag ich – scheinbar faul – im Bett, und versuchte etwas Erhebungspulver zu mobilisieren, obwohl sogar das hierfür erforderliche bißchen Kraft bereits verdörrt schien.
(Worte, wie aus dem Tagebuch einer 97-jährigen.)
Man hörte das Gehuste von Hartmut und Christa, so daß einem das Leben hinter einer gewissen Altersgrenze als Last und Bürde erscheint, aber wenigstens streiten die ja nicht, freute ich mich für den Onkel, denn ein Ehepaar, das so selten streitet, habe ich zuvor noch niemals kennengelernt.
Vor einigen Jahren habe ich den Onkel mal gefragt, was wohl das Netteste war, was die Christa jemals zu ihm gesagt habe? („Ich hab ´n Sekt kaltgestellt!") und das Garstigste, was ich wiederum je von ihr gehört habe ist: „Komm, red mal wie ´n normaler Mensch!" Und zwischen diesen beiden Polen spielt sich ein äußerst gepflegtes und erfüllendes Miteinander ab: Bestehend aus guten Gesprächen, köstlichen gemeinsamen Mahlzeiten, Reisen, Wanderungen, Tanzabenden und vielem

mehr. Grad wie einst Philipp Emanuel Bach umgibt man sich gerne mit erlauchten und gebildeten Gästen ...

Der Onkel war bereits um 5 Uhr erwacht (erfuhr ich später), nun aber hatte er bereits das Frühstück zubereitet, und wer versteht sich schon besser auf die Zubereitung eines formvollendeten Frühstücks, als der Hartmut?

„Frühstück ist fertig!" sagte er anstelle von „Bad ist frei!", und später sah man durch die verunschärfende Milchglasscheibe der Türe einen schwarzen Schatten namens Schröder um die Ecke biegen.

Auf meinem Gedeck lag ein mit Lauchringen verfeinertes Omlett. Dies fand ich nicht nur köstlich, sondern auch lustig, denn demnächst konzertiere ich *in* Lauchringen, und nun esse ich ein Omlett *mit* Lauchringen. Hinzu gab´s feine Röst-Töster und eine Schinken-Wurst-Platte, von der zu kosten mir wärmstens empfohlen wurde, und all dies auf edelstem Fürstenbergporzellan im Kerzenlichte.

Die Christa als Plauderpartnerin ist stets sehr interessiert und scheint die Worte des Gegenübers zu inhalieren und zu verinnerlichen, wenngleich sie über Mings süßes kleines Baby einmal einfach „er" gesagt hat, so daß man sehen konnte, daß Pröppis

Ankunft, zumindest in dieser Familie, wohl kaum für erhöhtes Erbeben gesorgt hat?

Die Christa sagt Dinge zu ihrem Mann, die für eine Ehefrau höchst ungewöhnlich sind (etwas, was ich auch der Edith später erzählte): Sie sagt: „Das ist richtig!" oder aber „das ist korrekt!" zu den Worten des Onkels. Sätze die *meine* Mutter ihrem Ehemann in bald 52 Ehejahren wohl kaum jemals gesagt haben dürfte. (So ich später zur Edith.)

Kommt die Rede auf das Yaralein, so sagt der Hambum zuweilen: „Yara, Para, Mara…" und listet mit verknödelten Lippen all jene Namen auf, die er so unerträglich findet, so daß man gar nicht dazu kommt, ein lebendiges Yarabild aufleben zu lassen.

„Wirklich schad, daß ihr schon gehen müsst!" sagte ich auf dem Wege zum Auto, doch niemand wußte etwas mit diesen schönen Worten anzufangen.

Zum Abschied umarmten und bewunken wir uns liebevollst, und immer wenn die weg sind, bekomme ich Entzugserscheinungen, und die Wohnung ist hernach so leer. Wieder fühlt man einen gefährlichen Aura-Mangel, der für den Menschen als Herdentier tödlich sein könnte.

„Ich muß die Edith sehen!" dachte ich über die Edith, deren Auto vor der Türe stand. Doch zunächst fuhr ich zum Brötchenwagen.

Vor der Kirche parkte ein Auto aus Landsberg am Lech, so daß ich von einer warmen Erinnerungswoge für meine Freundin Conny umspült wurde, die dort mit ihrem Mann Berni sehr im Glücke lebt.

Der Brötchenverkäufer, ein Herr, dessen zwei Söhne z.Zt. beide im Knast sitzen, wandte sich seiner tadellosen Art zufolge mir als Kundin zu, und löste hinzu einen ausgezeichneten Plauderschwung in mir aus. Was ich jetzt im Einzelnen gesagt habe, hab ich zwar vergessen, doch er gab mir das Gefühl, eine der Ihren zu sein. Leider war es bereits zu spät – die Kümmelbrötchen waren ausverkauft, und da näherte sich auch noch ein junger Mann auf Krücken, der eine gute Kundenbetreuung wohl noch nötiger hatte, als ich.

Wieder daheim, begab ich mich zum Haus Nummero 5, wo die Edith lebt.

Ein jäher, bedrohlich klingelnder Klingelton durchschnitt die Stille des einsamen Lebens einer alten Frau, und so klingt die Edith zunächst etwas unwirsch oder auch „das BÖSE vorausahnend",

wenn sie sich langsam auf die Haustür zuwälzt.
„Hallooo??!?" sagt sie dann dumpf, fast muhend.
Aber gottlob war´s ja bloß ich.
Die Edith stak soeben zur Hälfte in ihren Beinkleidern.
Gemütlich ließen wir uns in der Küche nieder, und ich erbot mich, den Brief an den Dr. Warmney, den Schwiegertochter Katja bereits kunstvoll vorformuliert hatte, ins Reine zu schreiben, und es heißt, die brave Katja kenne sich mit dererlei ja ziemlich gut aus? Es war richtig aufregend, einen Brief an einen unbekannten Herrn zu verfassen.
Dalton*artig stürzte sich die Edith in eine Aufgabe, die vielleicht gar nicht Not getan hätt´? Die Postleitzahl von Kassel herauszusuchen – ferner wollte ein frankiertes Rücksendekuvert gestaltet werden, währenddessen jedoch die jungen Leute – Sohn Thomas mit seiner Katja - kamen, um die Edith auf den Friedhof mitzunehmen.
*Das Dalton-Syndrom: Benannt nach einem Herrn in Australien, der mit seinen Tätigkeiten nie zu Potte kam, da sich vor jeden Tätigkeitsaspekt zwei neue zu schieben pflegten.
In dem Brief ging´s um irgendeinen Krankenkassenfehler, und somit gab´s eine Aufregung drum. Z.B., ob das Porto überhaupt ausreiche? Und dabei war das eine so besonders schöne Marke, die da pappte.

„Jetzt freut sich der Dr. Warmney daß er endlich mal einen persönlichen Brief bekommt, und dann ist es ja doch nur „so was"", sagte ich verbindend zur Katja von Frau zu Frau. Ich hatte mich ja erboten, den Brief mit auf meine Reise nach Süddeutschland zu nehmen, aber Ediths hinterwäldlerische, und fast schon historische Denkweise hat nun auch ein bißchen auf mich abgefärbt, indem ich mir jetzt nämlich Gedanken machte, wie das wohl beim Doktor ankäme, wenn dieser Brief aus irgendeiner Postfiliale in Süddeutschland käme? Ob man da wohl mißtrauisch den Poststempel beäugt, und sich „seinen Teil" denkt?

Wieder bei mir daheim in der Wohnung:
Ich lud den „Hollywood" auf, und naschte vom spärlichen Rest in der hochfeinen Pralinenschachtel, die der Christa für's lange Herumwarten von einem zerknirschten Kollegen vom Hartmut überreicht worden war, und wo der Onkel bereits einen besonders köstlichen, so jedoch für den Kalorienbewußten viel zu großen Taler in Form einer Schokomedaille bereits angebissen hatte.

Fünf Mails hatten sich für mich angesogen: Viermal Schrott und einmal Semischrott (ein Kurzzeiler von der Sabine mit der wenig interessanten Botschaft, daß sie gern in der Musikschule proben tät!)
Vormittags bekam ich dann überraschend noch einen persönlichen Brief: Die Hilke hatte an mich gedacht.
Ich erfuhr Folgendes:
Daß das Trio-Konzert sehr schön war. Alle waren begeistert!
Doch der Kritiker fand leider nur lauwarme Worte. Etwas, das tief in die Seele schnitt, und dem Trio die ganze Freude an seiner Arbeit im Nachhinein wieder verdarb.
Ansonsten gäbe es sehr viel Ärger wegen Youssous Schulproblemen, und auch die Aida funktioniert leider nicht so, wie sie sollte.
Ihrer Schwester Hedi ginge es sehr schlecht, da ihr Freund Garry gestorben ist.
Der Mutti ginge es ebenfalls sehr schlecht, doch ins Krankenhaus möchte sie mit ihrem manisch-depressiven Leiden, das sich derzeit leider sehr auf der depressiven Schiene abspielt, auch nicht.

Beim Üben sah ich allerlei durchs Fenster: Z.B. die Edith, die mit Krücken und Rollator mühsamst dem Auto entstieg.

Auslosebedingt wusch ich zur Nachmittagsstund mein Haupthaar.
Schade: *vor* dem Haupthaareswusch hatte ich schön ausgesehen, hernach leider nicht mehr. Und doch war´s eine Arbeit, die *scheinbar* hatte getan werden müssen.
Dann joggte ich im Abendsonnenscheine auf dem Burgberg herum.

Daheim schien mein Auto geraubt worden zu sein. Entgeistert ließ ich meine Blicke in die Ferne wandern, und stellte hoffnungslose Überlegungen an, was der Kriminalpolizei wohl für magere Ansatzpunkte anzubieten wären – aber dann sah ich´s ja gottlob doch auf seinem Platze.
Im Garten lief ich am Janosch und seiner seltsam wesenlosen blonden Freundin vorbei. Ich grüßte sehr sonnig, erntete jedoch einen eher verstockten Rückgruß, da sich zwischen uns ein Graben der Fremdheit befindet, der sich leider nicht überwinden läßt.
Daheim füllte sich die Wohnung alsbald mit Lindenstraßen-Vorfreuden-Molekülen:

Ich beschmierte mir mein Kümmelbrötchen mit Honig, und bald begann der televisatorische Hochgenuß, wo man sich mit den Lindenstraßoholikern Rehlein und Buz in Ofenbach so verbunden fühlen darf.

Bis zirka ein Uhr nachts saß ich in der Nachfolge Omis einfach so herum. Die vom Onkel Hambum aufgezogene Wanduhr, durch die man seine zeitnahe Aura noch so gut spüren konnte, hobelte geräuschvoll Sekunde um Sekunde vom Rest meines Lebens ab.

Einmal rief mich der süßeste Ming an, auch wenn es sich leider nur um ein mühsames Pflichttelefonat handelte, das von Anfang an Abkadenzierungsschwung barg und atmete. Schon fühlt es sich so an, als sei das innige geschwisterliche Band porös geworden, so daß Anfeuerungsbriketts in Form verbindender Fragekonstellationen nachgeschoben werden mußten.
Ich bilde mir ja ein, daß viele Auricher Bürger das Wochenende dazu genützt haben, den Schock über die Midori auf der Titelseite, in Form eines gesalzenen oder gar maliziösen Leserbriefes zu verarbeiten?

„Die Königs können einfach nicht mit Anstand verlieren!"

Besondere Befriedigung zog ich aus dem 10. Kapitel „Petaluma", das ich heut dem Beätchen geschickt habe, auch wenn man eine Stelle wirklich als „harten Tobak" ansehen muß:
Zwar löschte ich jene Passagen hinweg, wie mich das Beätchen auf der Fahrt nach Santa Cruz mürrisch gestimmt hat – dafür schrieb ich aber dreist, daß Beätchens akzentvolles, schwäbisch getöntes amerikanisch mich an ein gackerndes Nilpferd erinnert habe, das auf die Bibel geschworen hat, in den Einwohnermeldeakten ab sofort offiziell als Huhn geführt zu werden.

Zu später Stund kam noch ein Brieflein von der Ulla: ja – ich dürfe wie gewohnt morgen um 9 Uhr zum Frühstück kommen.

Montag 10. März
Grebenstein - Simmozheim

Wunderschön

Um 9 Uhr wurde ich als Frühstücksgast bei der Ulla erwartet, und darüber hinaus stand auch bereits wieder meine Ausrangierung aus Grebenstein auf dem Programm – zusätzlich „gewürzt" von der Sorge, die Hannelore könne das Konzert zum 80. Geburtstag als wirkliches Geschenk im wahrsten Sinne des Wortes nehmen?! Jetzt aber erhob ich mich rapid, und schaute schnell noch nach, ob mir vielleicht das Beätchen geschrieben hat?
Im Prinzip könnte ich es mir mit meinem gestrigen Brief, wo ich ihr Amerikanisch mit einem gackernden Nilpferd verglichen hab, ja wirklich für alle Zeiten verdorben haben, denn auf lose Weise fühlt sich die Bea ja frei, allen möglichen Leuten, die in ihrer Rangliste etwas weiter unten angesiedelt sind, mit aus der Luft gegriffenen Kränkungen und Beleidigungen vor den Kopf zu stoßen, doch wenn es sie selber betrifft, so hört der Humor bei ihr auf.

Das Ganze hatte ich allerdings mit einem netten, pfiffigen Brieflein zu neutralisieren gesucht.
Hoffentlich steht nichts Despektierliches über Dich zu lesen, und wenn doch, so verzeih mir! schrieb ich in scheinheiligem Pfiff, und fuhr fort: *Wenn ich etwas netter wäre, so könnte ich das Ganze auch im Stil von der Antje umschreiben...*
Denn die Tante Antje schreibt immer nur nett und positiv. Sie schreibt Dinge, wie beispielsweise: „Beate, allerliebst..."
Nein. Die Bea hatte sich nicht geräkelt.
Die ganze Zeit wartet sie immer auf meine Beiträge, weil sie schon süchtig danach ist. Zum Beantworten läßt sie dann aber meist ein paar Tage vorbeiziehen, bloß, daß ich denken möge, sie habe „zu tun".

Ich staunte nicht schlecht:
Gestern wurden doch hochsommerliche Temperaturen verhießen, und nun war mein Auto eisverkrustet. Ich ließ allerdings die Wischblätter für mich arbeiten, und fuhr auf gut Glück zum Netto hin.
Der herben zugeknöpften Verkäuferin, einer vertrockneten Nelke, die mich immer so an die Sekretärin aus Hichcocks „Frenzy" erinnert, kaufte ich vier Aufreisser- und zwei Roggenbrötchen ab,

und dann war ich sogar etwas vorzeitig in der Straße angekommen, wo die Ulla lebt, so daß ich noch kurz in einer Seitenstraße parkte, und mich in die Geschehnisse von vor einem Jahr vertiefte, da das Frühjahrstagebuch aus dem Jahre 2013 im Auto herumlag.
Damals radelte ich im Schnee durch die Glupe in Aurich.
Nun aber stürmte ich Ullas Anwesen. Etwa 5 cm von der Klingel entfernt schaltete die Uhr auf 9, und nun stellte ich mir, und kurz darauf auch der Ulla vor, ich hätte mich vor lauter Eifer, meinem Ruf, als überpünktlichem Menschen gerecht zu werden, in der Türe geirrt.
Eine fremde Frau öffnet.
„Oh je! Ich scheine mich in der Türe geirrt zu haben. Hoffentlich habe ich Sie nicht geweckt??!"
Doch auf Hessenart bittet sie mich trotzdem herein.
„Das macht doch nichts! Nur rein in die gute Stube…"

Die Ulla hatte den Frühstückstisch so liebevoll gedeckt, und es gab ein köstliches Ei, das unter einer wärmenden Fünflingshaube stak.
Wurftermin für ihre uneheliche Schwiegertochter Alice sei der Karfreitag, und es würde ein Mädchen, das man im Urlaub in Griechenland gezeugt hat - voll Unverstand.

Die Alice hat schon eine Namensvorstellung: Annie. „Den find ich so bescheuert!" sagte Omi Ulla und lachte trocken auf. Der Lukas hatte auch einen Vorschlag: „Lotte", die kleine Josephine ist noch zu klein um sich einen Namen auszudenken, und Vati Nils wiederum würde sich über eine Charlotte sehr freuen.

„Das gibt´s doch nicht!" rief ich vergnügt aus, und berichtete von den Stoppelenburg-Schwestern, die ja ebenfalls „Charlotte & Josephine" heißen.

Gestern waren Ulla und Rosita in Göttingen und aßen je eine ganz lange Currywurst. Verschämt zeigte die Ulla an, *wie* lang die war, und die Pommes seien ja auch so köstlich gewesen. Nach dieser Mahlzeit habe man sodann einen Cousin von der Rosita besucht, denselbigen man seit mehr als 20 Jahren nicht gesehen habe, so daß sich die Rosita nach dieser unverzeihlichen Zeitspanne des Sich-nicht-gemeldet-habens auch sehr davor scheute, einfach zu klingeln. Schließlich aber habe sie sich Ullas Argumenten gebeugt: Ein spontaner Besuch sei doch wohl allemal einfach besser, denn dann müsse nicht extra etwas vorbereitet werden?

Dies sah die Rosita ein, und am Ende der Begegnung („Er öffnete die Türe, und erkannte seine Kusine nicht wieder!") stand dann eine Einladung zum 120. Geburtstag des Ehepaares im

Mai, in welche die Ulla auf selbstverständliche Art einfach mithineinbezogen wurde. Nun konnte man freudig eine Einladung in den Kalender eintragen.

Die Ulla berichtete von ihrem kranken Knie: Sie mußte nach Breuna fahren, um fünf Spritzen zu bekommen, und dieser „Spaß" kostete gleich 133€! Die Ärzte wissen mit diesem unerforschten Leiden nicht viel anzufangen, und wenn dann die Ulla auch noch sagt, sie möchte lieber nicht operiert werden, so verlieren die Mediziner das Interesse an ihr völlig.

Gebannt lauschte ich Ullas Worten, und vergaß darüber ganz und gar, daß ich heut doch noch in den Süden aufbrechen mußte.

Ich erfuhr, daß die Alice trotz ihrer Schwangerschaft einfach weiter rauche. Ihre Nachbarin ist an Krebs erkrankt und qualmt auch weiter, und die beiden Damen sitzen in jeder freien Minute dröge und paffend vor dem Hause.

„Bescheuert!" sagte Omi Ulla.

Und zu diesem Wort empfahl ich mich nun.

Ganz versunken saß die Edith mit ihrem Spazierstock im Garten in der Sonne, und schaute auf die Bahngleise drauf. Es sah aus, als warte sie auf einen Zug.

Ich schenkte ihr eine Banane, und bat um einen Kaffee, den ich mir allerdings selber machte, und während ich in der Küche darauf wartete, daß das Wasser kocht, bestahl mich eine Bänge: *Was, wenn hernach ein größerer Geldbetrag fehlt, und der Verdacht auf mich fiele?*

Dann aber setzte ich mich wieder neben die Edith.

Die Kira bekläffte mich wüst aus dem Nachbarsgarten, und in der Ferne sah man eine Dame mit einem Hündchen, die ganz gut vorankam.

Ich erfuhr, daß heut der Todestag von Ediths Ehemann Hans sei, und wir versenkten uns im Duett ein wenig in die Erinnerung: Sehr alt ist er ja leider nicht geworden: 71!

Er bekam einen Schlaganfall, und seine Schwester Maria wachte weinend und verzweifelt an seinem Bett.

Morgens um 6, als der Thomas grad auf Maloche strebte, kam dann der traurige Anruf mit der Botschaft, er möge geschwind losfahren, da der Vater im Begriffe sei, die Augen für immer zu schließen. Zu diesen traurigen Erinnerungen fuhr eine Intercity-Wurst an uns vorbei, und wir sprachen über's Zugfahren, die Läptop- und schließlich die Smartphon-Zeit – etwas, womit die Edith gar nichts anfangen kann.

Ich verabschiedete mich, und fuhr in schönstem Sonnenscheine auf den Mombachplatz in Kassel, von wo aus ich dann in die Stadt hinaufgejoggt bin. Selbst im „City-Point" raste ich noch weiter, und als ich aus der Eiscafé-Toilette wieder in die Freiheit hinausstürmte, schaute mich eine Kellnerin kurz strafend und entgeistert an.
„´tschuldigung!" murmelte ich verlegen und raste weiter, und es mag so gewirkt haben, als hätte ich im Menschengewühl jemanden ganz und gar Unglaubliches erspäht, den es nun einzufangen gälte?
Ich raste weiter bis zur Bibliothek, wo ich mir für die lange Reise gern ein Hörbuch entlehnt hätte, doch ich hatte Pech: Die Bibliothek bekommt neue Regale, und ist bis zum 11.3. geschlossen.
Drinnen arbeitete man zwar, doch mich ignorierte man.
Dann hatte ich erneut Pech: Die Buchhandlung Thalia hatte im Gegensatz zur Bibliothek ja nur einen vereinzelten Tag lang geschlossen, doch dieser Tag war heut.
Da kehrte ich nochmals um, um mir die Bücher in der Buchhandlung Habel noch ein bißchen besser anzuschauen, und raste dann in der Mittagssonne zum Auto zurück.

Am türkischen Gemüsestand band sich eine ganz und gar unglaubliche, riesenwüchsige Gestalt die Schuhe zu.

Ich fuhr durch den Sonnenschein nach Baden-Württemberg, und da es schön warm war, hielt ich alle 45 Minuten eine Rast am Wegesrand ab um ins Tagebuch zu schreiben.
In den Nachrichten hörte man, daß sich Uli Hoeneß, dem ja eine langjährige Gefängnisstrafe droht, vor Gericht außerordentlich geständnisfreudig gezeigt habe: Nicht 3,5 sondern 18,5 Millionen €uro habe er hinterzogen, beichtete er kleinlaut.
Dann ging´s noch um die Krise in der Ukraine, an welcher sich ja vielleicht demnächst der 3. Weltkrieg entzündet?
Über den Hintergrund dieser seltsamen Krise, die ja z.Zt. in aller Munde ist, ist mir nichts bekannt, doch es hört sich ein bißchen an wie die Krise zwischen uns und der „Ostfriesischen Landschaft", und ich erfuhr, daß man a) den Rubel, und b) auch die russischen Gesetze wieder einführen wolle.

Im Dämmer hielt ich eine Rast am simplen Rasthof „Tauber" ab.

Die Verkäuferinnen dort schienen mir alle so knickrig und geizig: „Darf's noch ein Kaffee dazu sein?" (Mit Pseudo-Scharm *scheinbar* spontan aus dem Ärmel geschüttelt) – und bloß später, als ich eine Pfandflasche zurückgab, bildete ich mir ein, daß die Bedienstete mir das Pfandgeld nur ungern herausrückte, und es viel lieber gesehen hätt´, wenn ich es vergessen hätte.

In der Zeitung las man so allerlei: Ein Flugzeug, das von Kuala Lumpur nach Peking zu fliegen bestrebt war, verschwand spurlos, und mit ihm die zirka 289 Passagiere – vorwiegend Chinesen.

Die BILD-Zeitung hatte es bei Redaktionsschluß noch gar nicht spitz, daß der Uli ja doch 15,5 Millionen mehr unterschlagen hatte als gedacht, und widmete sich somit eher einem Seitenthema: Daß er in diesen dunklen Zeiten von seiner Frau Susi unterstützt würde.

Ich fuhr weiter, und hörte im Radio, wie es für den Uli mit der zu erwartenden Haftstrafe ja nun doch etwas eng würd.

Gegen 20 Uhr kam ich bei der Hannelore im Ulmenweg an.

Zuerst schien das Haus ausgestorben, und wenn mir niemand geöffnet hätte, so hätt ich plötzlich

nicht mehr gewußt, wohin mit mir? *Was, wenn die alte Dame ermordet auf dem Teppich läge?*
Doch zu dieser Eventualität in meinen Überlegungen wurde mir die Türe geöffnet.
„Jetzt störe ich dich zur Krimizeit!" rief ich entschuldigend aus, doch die Hannelore hat für Krimis nichts übrig. Sie in ihren hübschen Ballettschühchen lachte mich freundlichst und mit der größten Willkommenskultur an. Sie machte mir Komplimente, daß ich so gut aussehen würde. Besser als letztes Jahr. Doch für Damen meines Alters müßte man doch wohl eher Komplimente anbringen wie diese hier: „Runder & voller noch als im vergangenen Jahr!"
Vielleicht fußten die Komplimente von welken Lippen ja auch eher darauf, daß ich im Auto von der Sonne leicht angebraten worden war?

Mit Behagen aßen wir in der Küche zu Abend.
Die Hannelore schwärmte von dem wunderbaren Ballett „Krabatt".
Unten im Keller durfte ich noch üben. Ich übte die Romanzen von Clara Schumann und die Mendelssohn-Sonate, denn Morgen um 10 treffe ich mich mit der Sabine im „Kaufland" in Calw, von wo aus wir gemeinsam zu unserem Probenort, der Musikschule aufbrechen wollen.

Beim Üben wurde ich plötzlich von Angst gepackt, das Beätchen könne die despektierlichen Passagen doch übler nehmen als gedacht?

Die rührende Hannelore hat mir so viele Aufmerksamkeiten auf dem Tisch im Gästezimmer aufgebaut, und dann schenkte sie mir auch noch eine Postkarte mit einem Gemälde von Rembrandt.

Hannelore auf die Frage, was sie sich zum Geburtstag wünsche: „Einen schönen Tag!" (zu ihrem rührenden und vergnügten Lächeln, das sie rund um die Uhr auf dem Gesicht zu tragen scheint, und das Zufriedenheit und Dankbarkeit zum Ausdruck bringt.)

Dienstag, 11. März

Unauffällig freundlich.
Und doch empfinde ich Calw als kalte Stadt

Einerseits war ich am Morgen gar nicht mehr da, und andererseits vom Winde verweht, indem ich nun ganz schief in den warmen, weichen Bettfluten lag.

Und schon war die kostbare Nacht wieder vorbei. Zwei finale Tage in Einem huben an: Der letzte Tag in Hannelores Leben als U80erin, und der letzte Gnadentag vor dem Hauskonzert, dem ich so fleißig entgegengearbeitet hab, daß zu befürchten ist, daß ich hernach in ein dunkles Loch falle? Die postkonzertale Deprimanz.

Bald darauf trat die Hannelore mit einem frohen Lied auf den Lippen an mein Bett, und es entrang sich das mir wohlbekannte Lied „Stehet auf, stehet auf, es krähte der Hahn.." ihren welken Lippen, und ich finde, es ist alles so liiiebevoll vorbereitet. Tausend kleine Details, und auf dem Weg zum Duschhäusl spürte ich nichts als Fröhe und Dankbarkeit. Man schaut dankbar auf die Hannelore, die mir der HERR hat meinen Lebensweg kreuzen lassen.

„Wenn doch die Bea auch so nett zu mir gewesen wäre!" dachte ich sehnsuchtsvoll. Dann hätte mein Buch ein einziger Lobgesang werden können, und beim Einstieg ins Duschhäusl hatten mich die Gedanken hinzu zum Onkel Hambum hingeweht, der beim letzten Besuch so regentrüb gestimmt war, und es womöglich gar nicht mehr merkt, weil´s ihm niemand mal sagt?

„Yara, Mara, Para..." höhnt er dem so liebevoll ausgesuchten Vornamen vom Pröppilein hinterher, doch wie es dem Onkel wohl schmecken würde, wenn mich jemand früg: „Wie heißt denn Ihr Onkel?"
„Hambum" lasse ich den Namen voll Stolz und Wärme auf der Zunge zergehen, und dieser Jemand verknödelt spöttisch und leicht angewidert die Lippen: „Hambum, Pambum, Dambum! Ist ja 'n schrecklicher Name!"

Die Hannelore hatte den Klavierstimmer bestellt: Einen Herrn, der von der tastenkundigen Sabine empfohlen worden war, und einer Firma mit gutem Ruf angehört. Und tatsächlich stimmte dieser Herr das alte Möbelstück auf angenehm verhaltene Weise.
„Klavierstimmer ist für mich fast der schrecklichste Beruf!" ließ ich meine Gastmutti wissen, denn beileibe nicht jeder Klavierstimmer stimmt so verhalten.
„Da hast du recht!" pflichtete mir die Hannelore bei.
Ich lenkte die Rede in die Vergangenheit: Auf Hannelores 50. Geburtstag, der allerdings nicht groß gefeiert worden war, da nämlich damals grad

ihre Omi gestorben war. „Mein Omelchen!" sagte die Hannelore warm.
Der 60. wurde dann wiederum sehr pompös und lustig begangen, moderiert von Ehemann Erich, der damals noch gelebt hat. 5 Tage später kam dann das erste Baby von meinem Gesualdo-Quartett auf die Welt: Die kleine Daaje, die mittlerweile die Polizeischule von Wr. Neustadt besucht, und in fünf Tagen 20 Jahre alt wird.

Um 10 Uhr wollte ich die Sabine im „Kaufland" treffen.
„Ich bin förrdigg, Frau Rexer!" hörte man aus der Stube „vertraute Heimatklänge", - die harten Tonrepetitionen waren verstummt, und es zeigte sich ein älterer Herr mit frisch gemähter Frisur, der sich nun genötigt sah, noch ein wenig über das Klavier zu fachsimpeln, da dies in einem guten Kundenservice inbegriffen sein sollte. (Der Klavierbesitzer möchte wissen, ob es am Klavier, oder doch eher an seinem mangelnden Fleiße liegt, daß es immer so komisch klingt, wenn er spielt.)
Über dies alte Möbelstück, das der tastenversierten Sabine vielleicht nur ein Hohnlachen entlockt, hieß es nun aus berufenem Munde, es sei ein sehr gutes Klavier. So als wolle jemand über den Bernhard sagen: „Ein hervorragender Geiger!"

Die Hannelore vertraute mir einen roten Schlüsselbund an, und trat zum Abschied nochmals mit ihrem vergnügten Lächeln in den Türrahmen.

Und da die Hannelore heut zum Coiffeur strebte, um sich für ihren Jubeltag verschönen zu lassen, saugte ich diesen finalen Anblick mit der sympathisch goldglänzenden Dachfrisur nochmals bewußt in mich auf, bevor ich losfuhr.

Dank Hannelores Beschreibung fand ich das „Kaufland" mühelos, und kaum stand ich am Portal, da bewegte sich auch schon, wie in einem wimmeligen Gemälde von Breughel, die relativ zuverlässige Sabine in einem Pulk Menschen auf mich zu. Ein Viertel des Gesichts leider von einer blunzefarbenen Allergie verunschönt, so daß man sie für den Anblick, den sie derzeit bietet, wohl kaum beneiden kann. Doch dafür hat die Sabine einen ganz ungewöhnlich reizvollen und ansprechenden Ehemann – (Sohn eines wunderbaren Zeichners, der leider bereits im Jahre 1996 verstorben ist, und dessen köstliche Ausstellung im Rathaus ich einst mit dem größten Vergnügen besucht habe.)

Einen gutaussehenden und sehr humorvollen Herrn, nach dem sich alle Frauen umdrehen, (aussehend wie der „König" im Märchenfilm „wie

Honza beinahe König geworden wäre), und für den die Sabine von allen Kolleginnen und Schülermüttern heimlich, oder gar unverhohlen, beneidet wird.

Ein bißchen traurig für die Sabine ist, daß um sie herum ständig fühlbare Gedanken dieser Art herumblubbern: „Was der wohl an IHR findet??"
Nun erfuhr ich auch noch, daß die Sabine „voll fertig" sei. Vom Unterrichten.

„Verdient dein Mann nicht genug für zwei?" frug ich lose und auch ein wenig despektierlich, doch bei mir stören solche Fragen nicht.

Wir liefen am Schwarzwälder Boten vorbei, wo durch großen Zufall heute sogar ein Foto von der Sabine abgebildet war: Bebrillt an einem Pult als Rednerin, den Mund zu einer flammenden Rede geöffnet.

Hinter dem Eiscafé läuft man eine schräg nach oben zielende, breite Straße in die Höh´, und grad an jener Stelle, wo ich mich über die vielen Stühle wunderte, befand sich auch schon die Aula der Musikschule. Im Wintergartenstile geschmackvoll verglast, und mit einer richtigen Bühne, auf der ein kostbarer Steinway-Flügel steht.

Zunächst spielten wir das erste Werk von Clara Schumann dreimal, und davon wurde es schon etwas besser, dann das 2. und 3. Stück, und letzteres nur einmal, weil ich als Geigerin es leider so langsam spielen muß, daß es keinen Spaß macht, und an den Kräften zehrt. Ich spanne lang ausgehaltene Töne, für die der Bogen kaum ausreicht, über poetisches Geplätscher im Klavier hinweg – leider in einem Arbeitstempo dargeboten, so als habe man vergessen, die Handbremse zu lösen.

Die Sabine hat die Werke analysiert, einzelne Töne durch Farben kenntlich gemacht, und Bezeichnungen unter die Akkorde gesetzt, wie beispielsweise D7, und viele andere, die sich hier am Läptop jedoch leider nicht niedertippen lassen - und zu Beginn des Notenblattes hatte sie sich „Entstehungs"-Notizen der Werke hingemacht.

Leider ließ ihre pianistische Qualität im letzten Satz der Mendelssohn-Sonate etwas nach, denn bei der Geschwindigkeit sind der Sabine einfach Grenzen gesetzt, wie sie nicht müde wird, zu betonen.

Wir drangen bei unseren vormittäglichen Bemühungen, uns das Programm untertan zu machen, über die Mendelssohn Sonate hinweg bis zum 2. Satz von Griegs c-moll Sonate vor, doch die Probenintensität ließ nach, und die Frische des Anfangs war sogar gänzlich verschwunden, so als wollten die Sabine die Kräfte verlassen. Für sie galt´s nun, rasch heimzufahren um zu kochen. Der Marco hat ja morgen Abiturprüfung: Das höchst umstrittene Turbo-Abitur für die 17-jährigen.

Ich nützte die ganze Mittagspause dazu, die Werke noch besser in meinen Kopf hineinzuhämmern.
Es dauerte nicht lang, und es zeigte sich ein simpler Herr, der seine Tochter in die Violinstunde bringen wollte, und es hieß, hier in diesem Zimmer unterrichte normalerweise der Geigenlehrer Holl, der jedoch noch nicht zu sehen war. Keiner von uns wußte, was legitim ist, oder nicht? Ich stak im letzten Satz der Mendelssohn-Sonate, der Herr verschwand, kehrte jedoch bald wieder, und diesmal hatte er seine Tochter dabei: ein hornbebrilltes kleines Ungeheuer von etwa 13 Jahren.
„…dann wart ich hier!" sagte sie laut, und ohne die geringste Kultur, oder auch das geringste Ohr für eine Spitzengeigerin. Sie krispelte am Smartphon herum, und einmal sagte sie zu Herrn Haag, dem Direktoren, der kurz vorbeischaute, unbekümmert über ihren Geigenlehrer: „Der kommt meischt a weng spät!" Doch ob dies dem Holl wohl so recht ist, daß man dem Direktor seine kleine Schwäche so unverblümt verschuftet?

Es heißt, der Geigenlehrer Holl mietet zuweilen die Aula, da es oben unter dem Dach in den musikalischen Gaskammern so schrecklich stickig ist, und eine Schülerin sei ihm mal umgekippt, und so steckt er sein sauer verdientes Geld eben wieder in die Anmietung für die Aula, und erlaubt sich dafür, meist etwas später zu kommen.

Im Treppenhaus saß der Vater von der Junggeigerin ganz unbekümmert herum, und betonte, daß es ihm überhaupt nichts ausmache, einfach nur so herumzusitzen.

Ich schaute mich verstohlen im Sekretariat um. Dort saß eine grauhaarig bezopfte Dame und telefonierte. Durch das grau gestreifte Glas konnte man sie nur scheibchenweise erkennen.

Diese Frau entpuppte sich als lieb und hilfsbereit. Sie schloß mir das Zimmer 07 von Eva König auf.

Und während die Musikschulflure leider ziemlich eng und gesundheitsamtsartig wirken, war dies Zimmer hindess nicht schlecht. Ein riesiges Fenster, durch das man auf die Dachschräge draufschaun kann, die so wirkt, wie jener Weg, auf dem man sich auf die Himmelspforte zubewegt. Hi und da schielte ich über die Straße hinweg nach der Sabine, sah allerdings nur einen humpelnden jungen Mann an Krücken.

Schließlich kam die Sabine nach der Mittagspause aber doch, und wir Damen probten im holzverstrebten, sympathischen Kammermusiksaal.

Leider machte der letzte Satz von der Grieg-Sonate mit der Sabine kaum Spaß, weil er in einem unbegabten Arbeitstempo gespielt werden sollte. „Bei dr G´schwindigkeit sind mir einfach Grenzö g´setzt!" pflegt die Sabine hi und da in Erinnerung zu rufen.

Um ¼ vor 5 holten wir die Katharina ab. Die Katharina unterrichtete ein junges Fräulein, das es auf der Violine bereits bis zu Beethoven, sprich, der Frühlings-Sonate gebracht hat.

Und zu dritt begaben wir uns ins Eis-Café.

Doch die Gespräche verliefen leider etwas mühsam.

Die Katharina versucht derzeit abzunehmen. Die anvisierte Kur dauert 42 Tage lang – bis zum 19. April, und in dieser Zeitspanne möchte sie 20 Kilo abspecken.

Der Marius sei ins Schülerlandheim gereist – todunglücklich, dieweil er es nämlich haßt.

Mutti Katharina wollte den Donnerstag planen, und spielte mit der Idee, ins Grüne zu fahren und abends Violinduos mit mir zu spielen

Hernach lief ich mit der Sabine zum „Kaufland"
zurück, und wir hatten uns so viel zu erzählen.
Die gestresste Sabine lacht gottlob oft erheitert
über mich. Ich erzählte z.B., wie ich mich im
Winter gern zu einem Eisklotz zurecht frieren
lasse, um mich hernach mit dem größten Genuß in
die warme Wanne zu setzen, so daß es klirrt. Ein
unvergleichliches Gefühl.
Dann erzählte ich, wie mich die Hannelore nach
meinen Hobbys befragt hat, und ich mir große
Mühe gegeben habe, ehrlich zu sein, und auf
Faseleien zu verzichten: Ich gehe gerne ins
Museum, und vertrödele ganze Nachmittage in
Buchhandlungen, wobei ich die Bücher allerdings
nur anknabber´, statt sie gescheit vom ersten bis
zum letzten Blatt zu studieren. Weil es eben so
viele gibt!
Zwei Hobbys, die die Hannelore mit mir teilt –
zwei Punkte!
Befremdet zeigte sie sich jedoch über mein nicht
gut zu heißendes Interesse an Eifersuchtsdramen
und Kriminalfällen, und morgens weckt sie mich
mit einem Lied!
Da lachte die Sabine.
Ich besuchte noch die kleine Illustrierten-Apfel-
Bäckerei, die um diese Zeit schon ganz leer war,
und wo man zum Jubelpreis ganze Säcke an

Fallobst kaufen kann. Dort ließ ich mir ein kleines Käse-Tomaten-Brötchen zurecht rösten, das davon welk und gedörrt ausschaute, saß am Fenster und schüttelte die BILD-Zeitung nach Neuigkeiten aus: Abgedruckt war z.B. die Rede vom reuigen Sünder Uli Hoeneß, die er zunächst sorgsam ausgearbeitet, und hernach dem Richter vorgetragen hat. Kleinlaut gestand er, an einem einzelnen Tag 18,5 Millionen €uro verzockt zu haben.

Später im Auto erfuhr ich dann in den Nachrichten, daß es doch nicht 18,5 sondern mehr als 27 Millionen waren.

Einmal telefonierte ich mit dem süßesten Ming, und Ming war so herzlich.

Abends bestaunte ich Hannelores modisch gewellte neue Frisur.

Ich schlug vor, gemeinsam zu dichten, dieweil die Hannelore ja an einem Gedicht arbeitete, das sie zur Feier des 80. vorzutragen gedachte, und in welchem die Anwesenden in launigen Worten und gereimter Form vorgestellt werden sollten. Z.B. der „Franz", der Mann von ihrer verstorbenen Base „Renate", die leider vor ihrem Exitus auch noch an Parkinson erkrankte. Der Franz sei ein außergewöhnlich eigentümlicher Mensch. Einmal lief er auf einem Spaziergang neben ihrem damals noch lebenden Gatten Erich her, und der Erich sagte nach einer Weile verstohlen zu seiner Frau: „Erlöse mich von diesem Menschen! – Der sagt nämlich gar nichts!" Doch dies lag daran, daß der Franz leider so gehemmt ist.

Zwei kleine Dias aus den 30er Jahren fanden wir auch: Die fröhliche kleine Hannelore, wie sie in einem Waschzuber badet, und auf dem anderen Dia spielt ihre Mama etwas steif und ungelenk auf der Violine, und ihr pfiffig aussehender bebrillter Papa sitzt dazu am Klavier.

Leider kehrte er aus dem Kriege nicht zurück.

Die Dia-Knietafel wurde glühend heiß, weil nämlich die eingeschraubte Birne viel zu stark war.

Bewegt umarmte ich die Hannelore zwiefach ein letztes Mal als U-80erin – ein historischer Moment!

„Heut in 10 Jahren bin ich womöglich auch grad hier?" ulkte ich.

Mittwoch 12. März

Mild sonnig – eher unauffällig

Am Morgen streckte ich unter der Bettdecke die Gratulationsfühler aus, als ich Hannelores liebe Schritte herbeitapsen hörte.
Gleich wurde ich besungen, und dann gratulierte ich und freute mich sehr, die erste Gratulantin zu sein, während ich, verzweifelt über die mangelnde Energie, krampfhaft versuchte, im Alltag gescheit Tritt zu fassen.
Beim Einstieg ins Duschhäusel mußte ich rasterbedingt schon wieder darüber nachdenken, daß der Onkel Hartmut neulich so regentrübe war, denn wenn ich an einer Stelle irgendetwas denke, so denk ich's beim nächsten Mal an derselben Stelle schon wieder. „Der Einstieg ins Duschhäusl bei der Hannelore wird somit auf ewig mit Gedanken an den Onkel Hambum besetzt bleiben", freute ich mich, und hoffte gleichzeitig, daß ich hier noch öfters im Leben einsteige.
„…und dabei hatte er früher doch stets ein frohes Lied auf den Lippen!" psychologisierte ich im Geiste irgendjemand über die bekümmerliche Regentrübnis des Onkels an.

Ansonsten denk´ ich viel über das Beätchen nach, wiederstand hindess der Versuchung, meinen Läptop nach einer Reaktion aus Übersee auf mein despektierliches 10. Kapitel abzumelken:
„Aber Hallo?!? Ich hab nicht geschrieben, daß Dein Englisch peinlich klingt, ich hab nur geschrieben, daß es für mein Ohr peinlich klingt, was ja nur bedeuten kann, daß mit meinem Ohre etwas im Unlot ist," bildete sich bereits ein erster pickierungsabschmetternder Rechtfertigungssatz in meinem Inneren. Aber netter wäre es vielleicht tatsächlich gewesen, ich hätte geschrieben: „Ich bewundere Deinen hartnäckigen Wunsch, Englisch zu sprechen!"
Nun aber galt´s, mit der Hannelore gewohnt mollig-gemütlich zu frühstücken, und sogar zu so früher Morgenstund bereits einen kleinen Sekt auf den 80. Geburtstag zu zwitschern.
Beim Thema „Marius" schwand der Sonnenschein ein wenig aus dem lieben Gesicht meines Gegenübers, um einem Ausdruck des Bedenklichen Platz zu schaffen, denn der Marius sei ja so ungern ins Schülerlandheim gefahren, daß es einem leid tun muß. Leider passe er zu niemandem.
Der Marius war einmal mit an den Bodensee gereist, und die Hannelore erzählte, wie er von den

anderen Kindern Freundschaft *forderte*. Nötigenfalls mit Gewalt, und als sie sah, wie er seine „Freunde" behandelte, so konnte sie mit einem Male verstehen, daß die wirklich nicht so wild auf seine Bekanntschaft waren.
Zu diesem Psychologat erschien eine Besucherin: Eine zierliche Dame namens Maggi, mit einer riesengroßen, wohlverpackten Schwarzwälder-Kirschtorte – liebevollst gebacken von ihrer Schwiemu.
Ob die denn die Einladung nicht gescheit gelesen habe?? Die Hannelore lachte gerührt, - stand da nicht ausdrücklichst, man möge bitte auf Geschenke verzichten?!

In schönstem Wetter mühte ich mich durch die Fußgängerzone von Calw. Ich war zwar vielleicht pünktlich, hatte jedoch vergessen, ob ich mich mit der Sabine vor der Kauflandspforte, oder aber in der Musikschule verabredet hatte.
Ich lief durch die belebte Stadt, wo grad Wochenmarkt herrschte, und stellte mir vor, wie die sonnige Art von der Hannelore auf mich abgefärbt hat, und ich so werd wie sie.
Ein junges Fräulein drängte mir einen Wellnessgutschein auf, und ich nahm ihn im Laufen mit einem Dankeswort an mich. „10 Sekunden!"

barmte das Fräulein, doch die schien ich als Dahineilende nicht erübrigen zu können.
„Dann brauch ich ihn wieder!" sagte das Fräulein.

Die Sabine saß bereits im gläsernen Konzertsaal.
Wir probten rum, und als ich im zweiten Satz von der Mendelssohn-Sonate so besonders innig spielte, zeigte sich der Geigenlehrer Holl, der normal doch immer etwas später kommt. Meine Blicke streiften ihn nur, und ich nahm ihn als vermummt, bebrillt und geheimnisvoll wahr. Ein undurchschaubarer Fußpilztypus, wie Buzens historischer Schüler Andreas P.
Ich als Geigende spielte zwar weiterhin innig, spürte aber durchaus die Gefahren des Hamann-Syndroms*.
*Herr Hamann, lang verstorbener Celloprofessor der Musikhochschule Trossingen, spielte in einer Probe so innbrünstig und schön das Dvorak-Konzert, doch plötzlich veränderte sich sein Spiel von einer Sekunde auf die andere zu seinen Ungunsten – der Grund: Direktor Weimer hatte den Saal betreten.
„Wieso soll der Herr Holl jetzt unbedingt glauben, ich sei unfehlbar?" dachte ich in mich hinein, und als ich wieder in den Saal hineinlinste, war er einfach verschwunden, und auf ein fassungsloses Staunen wie von Clara Schumann, (als sich der junge Brahms damals bei Schumanns im Foyer mit

einer eigenen Komposition einspielte) kann man lange warten.
Auch die Sabine macht manchmal klavierlehrerinnenhafte Anmerkungen oder lacht über eine läppische Verfehlung, der sie einen größeren Wert beizumessen scheint, als der feinsten Nuance, so daß regentröpflerischere Typen als ich vermutlich sagen täten: „Dädsch du mir einen Gefallen, und lachsch net dauernd so blöd!? Das regt mich jetzt echt auf!"(Schon hat die schwäbische Art zu reden und zu denken auf mich übergegriffen.)
Aber ich lache nur fröhlich mit, und habe mich ganz und gar auf die Sabine eingestellt.
Der Kollege Holl machte der Sabine irgendwie Wind, indem sie in Windeseile zusammenpackte, und seine gemütlichen Worte, wir sollten ruhig so lange spielen, bis er uns hinauswirft, einfach abschmetterte!
Wir spielten oben im Kammermusiksaal weiter, und als sich die Sabine in die Mittagspause verabschiedete, übte ich noch sage & schreibe 2 Std. lang.

Die Hannelore mußte noch eine bettwarme Dame namens Doris von der Bahn abholen, und hernach durfte das Hauskonzert beginnen. Etwa 28

Herrschaften saßen auf Stühlen oder in die Kuschelzone des Sofas hineingeschmiegt.

Die Hannelore war ganz entgeistert, daß ich ohne Noten spiele, und dies, wo man doch einen Notenständer hätt!
Zum Mendelssohn war die Katharina gekommen, und nach dem letzten Satz sagte die Hannelore: „Ihr habt ein Tempo drauf!"
In der Pause erzählte mir die Katharina, daß sie verstimmt mit mir sei.
Ich melde mich gar nicht, und sie habe das Gefühl, daß es mir gar nichts bedeute, einen Tag, oder zumindesch Zeit mit ihr zu verbringö. In der Nacht habe sie deswegen fast nicht schlafen können, und sie verfärbte sich so, als wenn sie fast weinen wollte.
Da hatte ich ein Erbarmen und war ganz nett.
Mehr noch – nach dem Konzert suchte ich direkt ihre Nähe, um zu schauen, ob sie mir noch zürne.
Die Katharina muß sich derzeit diätbedingt ja leider sehr zurücknehmen, und konnte somit bei den vielen   Köstlichkeiten gar nicht richtig zulangen.
Doch der Obstsalat mit etwas Sahne und Cointreau wiederum konnte so verkehrt nicht sein, machte sie sich Mut. Ferner gab es köstliche

verzierte Canapées mit Schinken und Forellen, und man durfte sich eine Weile lang fühlen wie im Paradies.

In der Küche erzählte ich der Sabine und ihrem Mann, der immer viel lacht und leicht zu erheitern ist, vom Asperger-Syndrom, und die Sabine erzählte von ihrem Rückenbruch, den sie sich eines Tages beim Reiten zuzog. Hernach hatte sie 5 Jahre lang Schmerzen, und bis heute betreibt sie Osteopathie und Yoga. Als es geschah war der Marco grad eben mal 3 Jahre alt. Sie wurde ins städtische Spital geschafft, und war gezwungen die Aufzucht zu unterbrechen und in die Hände anderer zu legen. Für den Marco aber gab´s nur eine Mama. Selbst Vati Andreas gegenüber benahm er sich zurückhaltend. So brachte man den Knirps mit größtem Bedenken ins Krankenhaus. Dort kroch er zur Mama ins Bett und schlief gleich ein.

Und heute lacht man über diese traurige Geschichte!

Ich hatte so viel erlebt, und mußte dringend alles ins Tagebuch schreiben, doch eine Dame im grünen Wams beplabberte mich.

Morgen soll ich einen Tag mit der Katharina verbringö.

Nein. Das Beätchen hat sich nicht mehr gerührt. Funkstille.

Je nachdem, ob sie sich nun auf der A-, oder auf der B-Seite befindet, lösen meine Texte bei der Bea entweder Zerknirschung, oder aber Erbosung über diesen groben Undank aus.

Donnerstag 13. März
Simmozheim – Heumaden

Schön sonnig und warm

Von der Hannelore bekommt man immer so ein vergnügtes, herzlich-verschmitztes Lachen – so auch jetzt, als ich ihr in der Küche ein kleines Kompliment machte: Ich wünschte, ich könnte ein ganzes Jahr lang bei ihr als Stubenmädchen arbeiten.

Das Frühstück fand heut im mittleren Raum, jenem mit dem Südsee-Gemälde an der Wand, statt.

Neben meinem Gedeck lag ein Kuvert, und ich lenkte die Rede auf jene edle Dame, die uns Musikantinnen nach dem Konzert gestern je eine in Rosenpapier eingeschlagene Pralinenpackung überreicht hat.

Das sei die Renée gewesen. Eine Französin, und die Hannelore habe gesehen, wie sie die kostbaren Präsente ihrer Handtasche entnommen und gesagt habe: „Die haben so fleißig gearbeitet. Das muß ich denen nun schenken!"

Ich aber hätte geschworen, daß uns die Pralinen von einer bebrillten kleinen Schwäbin überreicht worden waren, und nun schmückte ich die Geschichte auch noch aus: Wie ich nämlich nach dieser guten Fee Ausschau gehalten haben will, um meinen Dank zu intensivieren. Doch sie war verschwunden.

Ich erzählte der Hannelore Geschichten aus meinem Leben, die uns tatsächlich auf verbindende Pfade schwemmten, und die ich ja gestern bereits der Sabine erzählt hab. Zunächst erzählte ich von Frau Nolte in Lübeck und ihrer Traumfigur. Mein Onkel Brüdi habe einmal berichtet, daß Frau Nolte sich nur von Salatblättern ernähre, an denen sie wie eine Schildkröte herumzuknabbern pflegt. Ein Anblick, der einem bei gemeinsamen Mahlzeiten den ganzen Appetit verdürbe.

Eines Tages begegnete ich der knapp über 60-jährigen Frau Nolte auf einem Parkplatz:

gertenschlank, langbeinig, und höchst geschmackvoll gekleidet! „Was haben Sie für eine Traumfigur – ein Blickfang!" rief ich aus. „Ach hörense doch auf!" beschmetterte mich Frau Nolte auf holsteinisch rustikale Weise überraschend harsch, so daß ich innerlich zusammenzuckte, und in meinem Schrecken etwas Unverzeihliches sagte: „Ich meine doch nur die Figur!"
… und dann erzählte ich von der Gretel, die sich mit 75 Jahren nochmals jemanden geangelt hat: Einen Herrn namens Hartmut.
Mehr noch: Plastisch erzählte ich der Hannelore vom jähen Ende von Gretels Beziehung aus dem Jahre 1998 – grad so, als sei ich dabeigewesen, doch während ich noch erzählte, fiel mir plötzlich siedendheiß ein, daß im selben Jahr doch auch das Glück von der Hannelore mit ihrem Erich endete, dessen Zeit auf Erden abgelaufen war.
Nichtsdestotrotz breitete ich nun die befremdliche und doch ungewöhnliche Geschichte vom Ende von Gretels Liebe vor der Hannelore aus:
Man speiste in einem Nobellokal. Er lud sie ein, überreichte ihr noch ein Sträußlein, bedankte sich für die schönen Jahre mit ihr, und sagte sodann aus heiterem Himmel:

„Unsere Beziehung ist hier und jetzt für immer beendet. Ich danke Dir für eine wunderschöne Zeit!"
Dann brachte er sie noch in seinem schicken Auto nach Hause, und wurde seither nie wieder gesehen.
Die Gretel war so vor den Kopf gestoßen, daß sie gar nichts mehr sagte. Wie durch einen Schleier traten ihr noch folgende Worte ins Bewusstsein: „Es steckt keine andere Frau dahinter, falls du das meinst!"
Das Kapitel sei für ihn einfach vorbei.

Die Zeit raste dahin, dieweil ich so schön in Plauderschwung geraten war, so daß ich mich nur ungern vom Geschehen entfernte.
Im Keller lugte ich in das Kuvert, das mir die Hannelore neben mein Frühstücksgedeck gelegt hatte: 500€ - gebettet in eine auffaltbare Postkarte, die mit lieben Worten vollgeschrieben war.
Fürs erste war man somit wieder aus der Brotlosigkeit auferstanden, freute ich mich.

Als nagend empfand ich die Briefe von den Kirchengemeinden: „Uns ist es wichtig, daß für die Kirche keinerlei Unkosten entstehen!" schrieb eine Diakonisse, die für eine Krippe sammeln will, und mir hierfür eine Auftrittsmöglichkeit bieten will.

Ich fuhr zur Katharina in den Sanddornweg, und empfand die verbaute Gegend als unerhört trostlos.

Die Katharina zeigte sich im Türrahmen und war soeben im Begriff ins Duschhäusl zu entschwinden, und als sie dann im Duschhäusl entschwunden war, radelte ich auf dem Standradl herum, und die Zeit sammelte sich wie von allein.

Im Inneren des Hauses war es in der Tat unglaublich hell und freundlich – aber die Aussicht bereitete mir Grind.

Man schaut auf ein Gerümpel an unsympathischen Neureichenhäusern mit blauzungenkrankeitsfarbenen Hochglanzziegeldächern drauf. Ein Anblick, der auch in einem bückfaulen Menschen einen Entrümpelungstrieb auslöst.

Die Aussicht aus den Seitenfenstern wiederum ist etwas schöner, doch später las ich dann auf einer riesengroßen, nicht zu übersehenden Tafel, daß auch dort zeitnah ein abscheuliches WC-Frischfarben getöntes Haus erbaut werden soll.

Die Katharina jedoch schaut über das Gerümpel hinweg auf die Berge drauf, und freut sich an ihrem Häusle.

„Ich habe einen Blick auf Deinen bloßen Po erhascht!" sagte ich später auf lose Weise zur

Katharina. "Zwar nur den Bruchteil einer Sekunde lang, und doch hat sich dieser Anblick, wie von Botero gemalt, in mein Gedächtnis eingebrannt!" (Ein Satz, den man nicht zu jeder beliebigen Dame sagen könnte, aber bei der Katharina, da geht´s.)
Später hatte ich dann sogar noch gesehen, wie die Katharina in ihr Unterhöslein stieg, und dieser Anblick wiederum erinnerte an ein Gemälde von Martin Wernert.
Leider hat die Katharina seit gestern wieder 500g zugenommen: 91,1 Kilo.
Auf Tag fünf der so hoffnungsschürenden 42-Tage Diät steht somit ein kleiner Enttäuschungsbuckel über den man nicht hinwegstolpern darf.
Ich breitete Theorien aus: Daß das vielleicht bloß Wasser sei? Man bekämpft Fett das vielleicht gar nicht da ist? Oder aber die Fettzellen seien leider sehr groß, und mit Wasser vollgesogen?
Ich hörte mich an, als sei ich Expertin auf diesem Gebiet, und die Katharina lauschte mir gebannt. Wenn das so wäre, so könne man doch wohl durch die richtige Therapie binnen weniger Tage wieder auf 57 Kilo zusammenschnurren?
Wir kochten uns einen Kaffee, doch ich fühlte mich körperlich matt. Die Katharina wollte wissen, wie ich mich ernähre?

„Ich ernähre mich leider nur mittelmäßig!" gab ich zu.

Allerdings werde ich oftmals fantastisch bekocht. Von meiner Mutter, aber auch von Hartmut & Christa unlängst.

Ich erzählte von Grebenstein. Beginnend damit, daß der Onkel Hartmut oft ein frohes Lied auf den Lippen trägt, und so wunderbar Tee zu brühen verstünde, daß man sich gar nicht mehr von der Teetafel hinwegbewegen möchte, da sich der Teetrunk in den edlen Tassen stets so anfühlt, als „sei man angekommen".

In den Schränken von Grebenstein steht das edelste Geschirr das man sich überhaupt nur vorstellen kann, doch die Tapete im Schlafzimmer wiederum sei einfach grauslich. Abziehen könne man sie aber auch nicht, da sie von unverrückbaren Möbeln verrammelt ist, und sich nach einigen Schichten womöglich die Hakenkreuztapete von 1935 zeigt? (So wie einst in Aurich?)

Schließlich begaben wir uns auf eine kleine Wanderung, man promeniert an den geschmacklosen Neureichenhäusern mit den grauen Automatikgaragen vorbei, und dann wird's auch alsbald ländlicher und schöner, wenn auch die ganz große Schönheit dadurch leicht verdorben ist, daß es ganz in der Ferne in den Gebirgswogen leider auch so häßlich verbaut und zersiedelt ausschaut.

Schön mag es hier zur Beethoven-Zeit gewesen sein, und nun war es nur noch ein bißchen schön.

Wir setzten uns auf eine Bank, und erzählten aus unserem Leben.

Ich erfuhr, daß die „Ina"(?) es etwas kritisch sähe, daß die Hannelore alles immer bloß positiv sieht. Doch trägt man dies der Hannelore weiter, so sagt sie vermutlich sonnig: „Da hat sie ganz recht!"

In einem kleinen Schrebergärtle sah man eine fleißige, gebückte Frau, von der man somit nur den Po hat kennenlernen dürfen.

Wir liefen weiter, und einmal fuhr uns ein Frauenmörder in einem Auto entgegen: Ein vertrockneter Typus mit Hornbrille und undurchschaubarem Wesen, dessen Fensterscheibe hinzu geöffnet war, und dies, wo ich doch grade sachlich gesagt hatte: „Da kommt der Serienmörder!"

Es wurde etwas waldiger, und die Katharina begann vom Marius zu erzählen:

Der Marius wird in der Schule gemobbt. Keiner will etwas mit ihm zu tun haben, und der Katharina als Mutter tut dies so weh!

Es wurde ein Vertrauenslehrer eingeschaltet, der Klartext mit den Kindern sprach, und seither ignorieren die Kinder den Marius allesamt, und tun so, als sei er gar nicht da.

Beim Abschied ins Schülerlandheim sah die Katharina durch das Busfenster, daß neben seinem einst besten Freund Marcel ein gewisser „Joschua" saß, und den Marius selber sah sie gar nicht mehr, weil die Busfenster so dunkel waren.

Manchmal hat sie Angst, der Marius könne Amok laufen, da er so aggressiv werden kann.

Im Sommer jedoch will man das Internat vom Kloster Maulbronn besuchen, das der Marius sich einmal ansehen soll.

Die Katharina trifft sich wieder mit dem Karsten, dessen Eltern in der Zwischenzeit beide verstorben sind. Die Mutti, die mit Anfang 70 noch gar nicht so schrecklich alt war, im November 11 an einer Darmentzündung. Sie hätte ins Krankenhaus eingeliefert werden sollen, aber sie wollte nicht. Der Karsten war zu dieser Zeit selber in Gesundheitshaft, und vielleicht hätte man noch etwas machö könnö, aber jetzt ist´s zu spät.

Der Vater folgte seiner Gattin im August 2012, und hernach flammte ein Erbschaftskrieg zwischen den Brüdern auf, da der Bruder sehr gern alles für sich alleine hätt.

Wir setzten uns auf eine Bank an einer lichten Weggabelung. Um einen Vogelschiss herum spazierte eine kleine Ameise, und ich fand's irgendwie unglaublich, daß man ausgerechnet diese eine Ameise hier & heut an diesem entlegenen Ort kennenlernt.

Man schaute rechts und links auf einsame Pfade und frontal auf eine Wiese, auf welcher einige Schmetterlinge schwebten und zart vor sich hinflatterten.

Zuvor war uns im Wald ein verstockter, mürrischer Mann entgegengelaufen. Doch passiert ist nichts.

Die Katharina berichtete plastisch von den Fremdgangsvorwürfen gegen den Antonio, von dem's zuvor noch geheißen hatte, er sei krankhaft eifersüchtig. Als der Reinhard mal bei der Katharina übernachdö wollt, sei ihm dies nicht gestattet worden.

Der Katharina wurde ein Kalender als Beweis zugespielt:

Sorgsam geführt von einer aufgebracht mit den Flügeln zu schlackern scheinenden jungen Italienerin:

An Tagen mit einem x habe er mit ihr telefoniert, und an Tagen mit 3 xxxen seien sie sogar im Bett gelandet!

Die Katharina verglich die Eintragungen mit den Eintragungen in ihrem Tonkünstlerkalender und tatsächlich schien alles zu stimmen.

Wieder daheim:
Die Katharina machte sich ein Mittagessen nach der Diätvorgabe: Ein mageres Putensteak.
Hernach spielten wir Duos von Bartok – lauter Werke, die ich noch gar nicht kannte, und über die man wohl ein bißchen nachdenken sollte, bevor man in falschem Ausdrucksgebaren einfach drauf los interpretiert?
Dann spielten wir eine zum Duo umkomponierte stürmische Klaviersonate von Mozart in moderatem Tempo. Die Katharina spielte zwar gut vom Blatt, formte die vereinzelten Töne hindess seltsam und etwas wellig verbogen aus, wie ich fand.
Als dann die Angelika kam – eine schlanke reife Frau, die sich auf Grundwasser spezialisiert hat, und zu einem diesbezgl. Beratungsgespräch erschienen war, spielten wir noch ein Bach-Menuett und hernach verzupfte ich mich zu meiner frischbetagten Gastmutti Hannelore.

Mit einem malerischen Strohhut bestülpt, saß die Hannelore im Sonnenschein auf der Terrasse und

löffelte an dem köstlichen, mit Sahne und Cointreau verfeinerten Obstsalat von gestern herum, so daß ihr vom langen vor sich Hinlöffeln bereits leicht wunderlich zumute geworden war.
Vorsichtig breitete ich meine Idee aus, ihr mein Soloprogramm vorzuspielen, doch schon wurde die Hannelore von ihrer Gymnastiklehrerin Angelika angerufen. (Angelika die II. heut)
Zunächst geigte ich – beginnend mit Bachs g-moll Sonate - in der Küche vor mich hin. Dann spielte ich ein paar Phrasen für die Angelika, die es so bedauerte, gestern nicht dabeigewesen zu sein, durch den Hörer hindurch. Schließlich spielte ich bei geöffneter Türe im Wohnzimmer, und die Hannelore hatte sich hierzu auf die Liege gelegt.
Ich spielte enthemmt, und dennoch schienen mir die Werke, in die welken Ohren der schlummernden Hannelore geträufelt, lang & schwer verdaulich. Dann aber kam eine ganz kleine dünne Frau unter einer Häkelhaube zu Besuch. Eine von Jahren und Sonne gedörrte Dame namens Wilma. Wir setzten uns in den Garten, und aßen gemeinsam an der großen Schwarzwälder-Kirschtorte weiter.
Morgen kommt zur Jubilatorin Hannelore der Bürgermeister zu Besuch, von dem man weiß, daß er sehr gerne Torten ißt. (Allzu gern, wie seine

Figur unter dem zu engen Anzug klagend auszurufen scheint.)

Die Hannelore entzückte sich am Gesang der Vögel, von denen es nun hieß, sie seien durch mein Violinspiel inspiriert worden. Die Wilma erzählte, daß sie Kindergärtnerin von Beruf war, und leider zwiefach im Leben an Krebs erkrankte. Die hellblauen Augen stachen aus dem welken Gesicht heraus, und musterten uns zu diesen ernsten Worten wach und ernst.

Die Hannelore hatte sich im Banne der Gästeschicht leicht verwandelt, ohne daß man sagen könnte inwiefern? Sie fühlte sich einfach plötzlich anders an - so wie Omi Mobbl damals, als sie bei Yossis zweitem Besuch mir gegenüber plötzlich einen etwas rustikaleren und gänzlich fremden Tonfall anschlug.

(„Du kriegst ´n Butterbrot und damit basta!" sprach Mobbl damals für die Ohren vom Yossi in einer völlig neuen Tonart zu mir, die in Zweisamkeit schlicht undenkbar gewesen wäre.)

Nach einer Weile packte ich mein Auto, und auch die Wilma verzupfte sich in eine andere Himmelsrichtung.

Die Hannelore verwandelte sich durch die aufgehobene Gästeschicht wieder zurück, und der Abschied war so was an herzlich!

Gerührt fuhr ich zur Katharina zurück.

Doch zunächst dichtete ich auf einem Meilenstein vor ihrem Hause, von wo aus man durch die Glastüre sehen konnte, daß die Angelika zweng ihrem Grundwasser ja immer noch da war!

„Franzi!" rief eine schwäbische Mutti in meiner Horchweite genervt.

Abends daheim bei der Katharina:

Die Katharina mußte ja lachen, daß die Angelika etwa 4 Stunden und 40 Minuten geblieben war, und das, wo sie zu Besuchsbeginn doch erzählt hatte, daß sie zeitlich sehr eingezwickt sei.

Sie hatte der Katharina ein Blümchen mitgebracht, und im Zuge der Plaudereien beim Kaffee, meinte sie gar, daß sie es unverschämt fände vom Antonio, daß er der Katharina das Foto von jener Politikerin vorbeigebracht hat, die 17 Kilo abgespeckt hat.

Es schellte an der Türe, und davor stand die bestellte Geigenschülerin. Ein bezopftes, bebrilltes junges Mädchen. „Hän Sie sich in der Hausnummer geirrt?" scherzte ich lose, und dachte dabei an die Hessen, denen es nichts ausmacht, wenn sich mal jemand in der Hausnummer irrt. „Kann doch mal passieren!" denkt da der Hesse, und freut sich über den überraschenden Besuch.

Etwas, das im Schwabenland jedoch größtes Befremden, und ein unverhohlenes Wegwimmelbestreben auslöst.

Abends:

Interessiert las ich in dem Diätbuch, das das Beet für Katharinas Hoffnungen, bald wieder schön und schlank zu sein, ebnet.

Dann verschwand die Katharina zum Chor.

Und während die Katharina die Chorprobe im Gemeindehaus leitete, übte ich emsig auf meiner Violine. Auf dem Tisch lag das Küchenmesser, mit dem der Marius in zwei Jahren womöglich seine Mutter meucheln wird, und der Anblick stimmte mich so traurig, als sei´s bereits passiert.

Dann kehrte die Katharina heim, und wir beschäftigten uns im Duett mit dem kostbaren I-Päd, durch den das Leben ja im Grunde so schön wird, wie man es sich früher vielleicht spaßeshalber mal ausgemalt hat, oder auch so wie damals, als das Wünschen noch geholfen hat.

Binnen Sekunden z.B. sitzt man in einer Kirche in Kanada, und lauscht den hervorragenden Gesängen eines hervorragenden Chores aus Ottawa, der die wunderschöne Missa Sekunda von Hans Leo Hassler singt. Zwar in doppeltem Tempo wie Katharinas aus alten bis uralten

Damen und Herren bestehendem kleinen Chörle, doch man gewöhnt sich daran, und mir wurde ganz weihnachtlich zumute, zumal sich ein Kerzlein so schön in der herabgelassenen Jalouisie in Katharinas Wohnung spiegelte.

Man sitzt in einem Glaswürfel, um den herum sich die Nacht ausgebreitet hat, und fühlt sich wohl.

Die Katharina sah plötzlich so hübsch aus, und erinnerte mich in ihrer Ausstrahlung an die junge Omi Mobbl.

Vorhin sei sie ja kurz noch beim Antonio gewesen, und ich erfuhr, daß der Antonio nur zwei Straßen weiter in einem ganz häßlichen Mietshaus wohnt.

Über das kleine rosa Eislaufröckchen mit dem sich die Katharina für den Chor verschönt hat, habe er gesagt, dies sähe so beschissen aus!

„Er schaute bloß auf den Rock und gar nicht auf´s G´sicht!" bekümmerte sich die Katharina in der Erinnerung über diesen garstigen Ausruf.

Dann habe er den Kopf allerdings doch noch gehoben, und gesagt: "*Du* siehst beschissen aus!" und das war´s dann.

„Vielleicht wäre es doch besser, ganz rasch und ohne groß nachzudenken den Karsten zu heiraten", sinnierte ich. Dann habe man zumindest ein Familienleben mit Höhen & Tiefen, so wie es sich gehört, und zum Antonio könne man dann

einfach sagen: „Ich bin jetzt verheiratet, und mein Mann hat mir jeglichen Kontakt mit anderen Männern streng verboten!"
Nach einer Weile stieg die Katharina in die Bettfluten und schaute noch ein wenig fern. Soeben wurde das Wetter verkündet: In Form eines üppigen Wortsalates wurde uns erklärt, daß morgen der letzte schöne Tag anhöb – hernach würde es rapide kalt und nass.

Freitag, 14. März
Heumaden – Stuttgart

Wunderschön und ganz warm

Ich übernachtete im Bett vom ausgeflogenen, bzw. natürlich „ausgeflogen wordenen" Marius, das so schön und frisch gewaschen duftete.
Zunächst schlief ich nicht so recht ein, auch wenn ich mich müd, und sogar „am Lebensende angelangt" fühlte.
In die Einsamkeit des Burschenzimmers flutete ein orangegetöntes Licht von der Straße herein, das

das Zimmer in eine noch größere Einsamkeit tunkte, und hinzu tickte eine Uhr.

Traum:

In einer Garküche bereiteten Studenten ehrenamtlich ein großes Sushi-Gala-Dinner zu Ehren der Musikhochschule vor.

Dann lag ich wach da, und mein Weckdienst war einfach ausgeblieben.

Jetzt war es schon so spät, daß man fast hätte annehmen können, die Katharina hätte vergessen, daß ich da bin.

Doch die Katharina saß am Tisch, und telefonierte so lieb mit ihrer Mami.

„Du bisch die beschte Mama der Welt!" hörte man sie gerührt und sonnig sagen, und ich warf dem Telefoniergespann ein liebes Kußhändchen zu, weil ich der Katharina mit einem Male so gut bin.

Wir frühstückten:

Ganz groß wird in der Zeitung das Drama um Uli Hoeneß aufbereitet: Auf einem großformatigen Foto sah man den Zerknirschten.

Die Staatsanwaltschaft in ihrer grenzenlosen Lieblosigkeit den einzelnen Bürgern gegenüber, hatte 5 ½ Jahre Haft gefordert.

Beim Zusammenkehren des geforderten Strafmaßes ist man dann ein bißchen netter gewesen, und summasummarum wurden 3 ½ Jahre draus.

Die Katharina findet diese Strafe übertrieben, und der parallel in Südafrika verlaufende Prozess gegen den Pistorius geht im Windschatten dieses Dramas hierzulande direkt ein bißchen unter.

Die Katharina meinte, besser wäre es, den Uli so weiterleben zu lassen wie bislang – bloß, daß er das halt nimmör machö dürft, und vom Pistorius tät sie sich wünschö, daß er endlich die Wahrheit sagt, denn das würde ihm wahrscheinlich helfen.

Leider ist man in der Justiz dazu verdammt, seinen gesunden Menschenverstand hinwegzusperren.

Es macht allerdings Spaß, darüber zu diskutieren.

Sollte sich der Pistorius entschließen, die Wahrheit zu sagen, so warten 25 Jahre Knast auf ihn, und sein Anwalt rät womöglich unbedingt dazu, an der Räuberpistole mit dem vermuteten Einbrecher festzuhalten, auch wenn sein Mandant sich nun vor Gericht dauernd erbrechen muß, so daß der Gerichtsdiener einen Eimer neben ihm aufgestellt hat.

Wenn man aber schärfer darüber nachdenkt, so kommt man zu dem Schluß, daß es weitaus verwerflicher ist, auf gut Glück durch die Türe hindurch auf einen armen Einbrecher zu schießen, der das Geld vielleicht nötiger hätte als man selber

- als in rasender Eifersucht, völlig neben sich stehend, auf die Liebe seines Lebens, die ihm soeben gebeichtet hat, daß sie einen Anderen liebt, und beim Anblick der Pistole, die für solche Fälle immer griffbereit unter dem Bett liegt, erschrocken ins Bad geflüchtet ist?
Der Pistorius blickt in die vom Schmerz getrübten Augen der Mutter seines Opfers, möchte sich schluchzend vor ihr auf die Knie werfen, eine Arie, die von Reu und Schmerz kündet einstimmen, und den Gerichtssaal in eine Opernbühne verwandeln.

Wieder beschäftigten wir uns mit dem I-Päd.
Eva König hat einen Violinprofessor aus Stuttgart eingeladen, der sich der Hochbegabungen in Calw annehmen soll, und die Katharina wollte, daß ich hinübermaile, daß die „Mai" (eine asiatische Geigenschülerin) Bach´s E-Dur Partita spielö dät, denn der Professor wünscht Klarheit darüber, auf welche Werke er sich einzulassen habe?
Wäre es nicht besser, einfach zu schreiben: Die Mai spielt alles, was Sie wünschen!
„Wenn das so ist, dann spielen Sie doch bitte Paganinis mörderische 17te!"
„Gut", und dann spielt sie ja doch „nur" Bach´s E-Dur Partita, und ich sang das Werk mit ganz vielen Betonungen. Der Professor spielt vor, wie man es besser

machen könnt´, doch dadurch, daß er so viele Kollegenohren auf sich lasten fühlt, klingt´s etwas seifig, wie er da so dransteht und spielt.
"Wollöt Sie dös taaatsächlich so seifig habö??" frägt dann die kleine Mai. "Also für mich isch dös ö engelsgleiche Musik, die müscht ma scho schöner spielö!"
Leider hatte die Katharina über Nacht gar nichts abgenommen, und war ganz enttäuscht und frustriert. Es war eher etwas mehr geworden: 91,7. Doch in dem Buch wird vor der Gefahr gewarnt, die Kur vor Ablauf von 21 Tagen abzubrechen.

Die Katharina erzählte mir vom Chorsänger Bert, der als Vater von 5 Kindern vor zirka 11 Jahren seine damals 40-jährige Frau verlor. (Klingt dies nicht ein wenig wie der Anfang von der „Logelei" in der „ZEIT"?)
Sie starb an einer Thrombose. Doch der Bert hat sich seinen frischen Mut nicht nehmen lassen, und so gibt sich die kleine Großfamilie Mühe, auch ohne Mutti eine glückliche Familie zu sein.
Wieder verließen wir das Haus, um ein wenig spazieren zu gehen, allerdings bloß bis zur ersten Sitzbank, jener mit der Aussicht in die leider zersiedelten Berge.

Auf diesem Wege frug mich die Katharina wieder nach Buzens Wurzeln aus.
„…und dann wurde er vom Dr. Oetker adoptiert.." streute sie, wie schon so oft, gänzlich verfärbtes „Wissen" ein, so daß man es langsam aufgeben sollte, diesen Irrtum wieder zurechtzubiegen. „Ja, dann wurde er wohl vom Dr. Oetker adoptiert!" dachte ich müd, und für den Moment war´s dann wohl auch so.

Die bösen Nachbarn zur linken grüßen die Katharina nicht, da der Herr wegen einem Baggerfehler, in dessen Folge Katharina Haus einzustürzen drohte, einst für 4000€ eine Nachbesserung zahlen mußte.
Der Antonio findet es ganz schlimm, daß die Katharina so dick ist, und macht die ganze Zeit abtörnende und beleidigende Worte drum.

Die Katharina verließ das Haus, um in die Musikschule zu fahren, und ich durfte in ihrer Wohnung bleiben, üben, und so wie jetzt, dichten.
Mir gefiel´s in diesem hellen Hause!
In sommerlichem Sonnenscheine, so heißt´s allerdings, heizt es jedoch sehr auf, so daß man als Hausbewohner bald in seinem Schweiße badet – doch noch herrschte ja Winter.

In der ersten Pause schaute ich mir ein Marius-Album an, und sah im däumelingskleinen Marius hauptsächlich einen Amokläufer von morgen.
„Der Marius ist eine Zeitbombe!" dachte ich niedergeschlagen.
In seiner letzten Mail hatte der Opa Gerhard geschrieben, der Marius als Abstellgast bei den Großeltern sei „gewöhnungsbedürftig" gewesen.
Mutti Grete wiederum hatte heut aus jenem Grunde angerufen, um die Katharina darüber in Kenntnis zu setzen, daß sie für den Marius beten würden.
Die Großeltern beten dafür, daß der begabte kleine Kerl auf den richtigen Weg geführt wird, bzw. dafür, daß ihm vielleicht jemand den Weg zum richtigen Wege leuchte?

Bevor ich abfuhr, mußte ich noch ein wenig joggen.
Ich rannte in den Wald hinein, und auf einer Bank an einer Weggabelung saß eine langhaarige Schwäbin, die ausschaute, als sei sie „am Arsche angelangt", was immer man sich darunter vorstellen könnte.
Wir Damen begrüßten uns flüchtig. Ein Windhauch auf einem langen Lebenspfad. Jetzt ließ ich sie allerdings links liegen, und hoppelte die

gewundene Straße entlang, die von Ort zu Ort führte.
Einmal rannte ein Pulk Federvieh laut gackernd zusammen, und ich fand, daß das erschrockene Federvieh sich viel zu wichtig nahm.

Unterwegs radelten mir drei Halbwüchsige entgegen, die kaum grüßten, dieweil sie einer nicht mehr zugänglichen Generation angehör(t)en.
Doch daß ich mich auf diesem Heimweg einfach verlief?
Es sah nämlich plötzlich gänzlich anders aus. Ich fluchte!
Die anvisierten 45 Minuten Leibesertüchtigung waren beinahe um, und ich hatte noch nicht auf meinen Pfad zurückgefunden.
Wie sich die Katharina wohl wundert, wenn sie heimkommt, und mein Auto steht noch immer vor ihrem Hause?
Einmal glaubte ich, die Katharina von hinten beim Fotografieren am Wegesrand stehen zu sehen.
Eine Dame mit langem goldenen Haar, und mir schien´s als würde sie ein blökendes Schaf fotografieren.
Zwei Esel zu meiner Linken sah ich auch.
Und dann passierte mir genau das, wofür die Großeltern für den Marius beten:

Ich fand auf den richtigen Pfad zurück.

Dann stieg ich alsbald in mein zuvor gepacktes Auto und fuhr ab – in einem Schwapp in die Landeshauptstadt Stuttgart.

Stuttgart, Rückertstraße zur Abendstund.

In dem schlichten und doch adretten und appetitlichen Mietshaus roch es wie in einer Zahnarztpraxis, die Hilke öffnete mir freudestrahlend die Türe, und beide Kinder waren aushäusig.

Zunächst mußten wir auf das Aidalein warten, das ein Konzert von Helene Fischer besuchte. Doch statt dem Aidalein kam zunächst ein Anruf, mit der Botschaft, daß das Aidalein ihr Händi und ihr Portemonnaie verloren habe. (Doch beides fand sich wieder.)

Später erzählte uns das liebe Aidalein so rührend, wie alles in die Ritze von der Autobank gefallen sei. Sie dachte: „Nun ist alles aus!" und hätte vor Schreck beinahe geweint.

Das Aidalein ist so hübsch und verschmust!

Ich hatte das Yara-Bildbändchen mitgebracht, auf daß man sich gemeinsam an dem Kleinkind ergötze, mußte jedoch selber auf Muslimenart rasch noch meine Füße waschen, die soeben zu müffeln beginnen wollten.

Als ich die Füße zuende gewaschen hatte, liefen Hilke und ich zu unserem schönen Sushi-Lokal, vorbei an einem Laden, in dem es ganz kitschige Dinge zu kaufen gab, z.B. eine winkende Katze, die man sich ins Fenster stellen könnte.

Die Hilke bestellte sich eine köstliche Thai-Suppe, und meine zehn Sushi-Taler waren im Nu verputzt.

Ich erfuhr, daß Uli Hoeneß in den Knast nach Landsberg käme. Allerdings in den offenen Vollzug, und vielleicht wird´s ja ganz nett?

Es war dunkel geworden, und die Hilke rief ihren 14-jährigen Sohn Youssou auf dem Händi an, und leider wird die Hilke immer streng und unbeugsam, wenn sie mit dem Youssou telefoniert. Sauertöpfisch sprach sie ihm auf die Mailbox, und bebruddelte den Herrn Sohn mit der freudenabknickenden Botschaft, daß er sich nun doch so allmählich auf den Heimmarsch begeben möge – sonst gäb´s richtig Ärger! Sie mache dies nicht mehr lange mit!

Dann wandte sie sich in versöhnlicherem Tone wieder mir zu, und fuhr fort, aus ihrem Leben mit all seinen Verdrußverästelungen und lauwarmen Freuden zu berichten:

Auch der Omar habe wieder einen Job - begab sie sich nun wieder auf sonnigeres Terrain:

Er vermittelt Studenten ein Praktikum, und hat viel Freude an dieser sinnvollen Tätigkeit.

Die Hilke bekam für ihren Trioabend 400€, und dadurch, daß sie im Zuge der Vorbereitungen weniger unterrichtete, und somit 900€ weniger verdiente als sonst, kann man die 400€ leider kaum als Verdienst verbuchen.

Die Miriam an der Violine hatte seit zehn Jahren kein Konzert mehr gegeben, so daß es ihr an Führungskraft gebrach. Man spielte, und fühlte sich dabei wie in einem Schiff ohne Kapitän auf hoher See.

Zu dieser Schilderung rief der Youssou zurück: Er sei von der Polizei aufgegriffen worden, dieweil er die Sperrstunde von 22 Uhr überschritten hatte, gestand er kleinlaut. Gleich würden ihn die Polizisten nach Hause fahren.

Hilke und ich besuchten noch die Bauernmarkthalle um ein Glas Wein zu trinken, bedient von einem pfiffigen Fräulein.

Ich erfuhr, daß der Youssou heimlich rauche, und war sehr bestürzt darüber. Doch Mutti Hilke nahm es, vielleicht dem Weine geschuldet, mit Humor. Soll er doch! Es sei sein Leben. Bloß der Omar könnte wild und böse werden, wenn ihm dies zu

Ohren stiege, und so muß man dies vor dem Papa geheim halten.
Daheim begrüßte ich das Yüsslein in seinen Boxershorts und fand ihn süß. Auf Buzesart verharmloste er das Vorgefallene mit passenden und überzeugenden Worten, und beschwärmte die freundlichen und verständnisvollen Polizisten. Am liebsten hätte ich, auch für die Hilke gleich mit, versöhnend ausgerufen: „Wieder hat man gedacht, er sei der böse Wolf, und dabei ist er nur Rotkäppchen!" Darüber lachte der Youssou erheitert, weil er den Satz wohl als passend empfand.
Die Hilke sagt leider nie etwas Versöhnliches oder Verbindendes zu ihrem Herrn Sohn.
Im Duett bezogen wir Damen ein Bett für mich.
Die Aida – zuvor noch so verschmust und süß – hat leider die Gewohnheit, auf die Art von Omi Mobbl ständig ihr Beleidigtsein zur Schau zu stellen.
Im Wohnzimmer lag sie dröge auf dem Sofa, so daß man zunächst nur die Füße sah, und sich nicht sicher sein konnte, ob sie noch lebe.
„Habt ihr mir was zu essen mitgebracht?" frug sie dann allerdings, um sodann den zu erwartenden Schmollmund zu ziehen.

Die Hilke war kleinlaut und zerknirscht, obwohl die Aida doch gar nicht darum gebeten hatte etwas mitzubringen, und uns hinzu noch erzählt hatte, wie vollgestopft sie sei.

Auch wenn die Beziehung zum Sohn schlecht ist, so müht sich die Hilke doch zumindest darum, eine herzliche Beziehung zu ihrer Tochter aufzubauen:

„Was hast du denn gemacht? Hast Du gelesen?"
„M-m"
„Hast du telefoniert?"
„M-m"
„Hast du Löcher in die Luft gestarrt?"
„Öhö"

Samstag, 15. März
Stuttgart - Rottweil

Zunächst weißwölkig und bräsig getönt – auch wenn man nicht weiß, was man sich hierunter wohl vorstellen soll? Schließlich einlullend bräunlich. Es wurde kalt und ungemütlich, und regnete zuweilen in leichtem Winde wie auf einer friesischen Insel

Am Morgen weckte mich die Hilke übermütig mit einem lustigen Lied in den schulfreien Samstag hinein, der darüber hinaus in mein Debut in Löffingen hineinmünden sollte.

Ein lästiges Konzert in welches ich nicht die geringste Hoffnung hineinsetze, zumal die Sekretärin (natürlich auf schriftdeutsch) dem Sinne nach geschrieben hatte: „I kann Ihnö högschdns 15 Leut versprechö!"

Nun aber mochte ich mich erstmal nicht verdrießen lassen. Hilke & ich besuchten drei Shops, und ich erzähle der Hilke immer so komische Geschichten, die das Beätchen in dieser Form der Ausbreitung wohl kaum gutheißen tät:

Statt sachlich zu berichten, daß ich Herrn Scherließ besucht habe, und in knappen bündigen Worten zu berichten, wie es ihm wohl geht, verlor ich mich umständlich darin, zu schildern, wie ich letztes Jahr statt durch die Uhland- durch die Ulmenstraße fuhr, und somit vergebens nach ihm suchte.

Etwas interessanter war sodann allerdings jene Ausführung, wie Herr Scherließ keine Lust auf Besuch verspürte, und gleich zu Beginn anmerkte, daß er aber gleich weggehen müsse.

Doch diese kleine Schwindelei dauerte ihn alsbald ein bißchen.

„Franziska, trinken Sie noch rasch einen Espresso mit mir?"
Beim Espressotrank erzählte ich ihm allerdings so packende Geschichten, daß er den Besuch doch lieber fortgeführt hätte.
Ferner erzählte ich, wie der Onkel Hartmut mal fünf Richtige im Lotto tippte.

Wir besuchten die eine Eckbäckerei, und die Brötchen schauten alle viel üppiger und größer aus als gemeinhin notwendig, und ein Brotlaib schaute gar aus, als sei´s ein Brötchen für einen Riesen!
Im Anschluß daran besuchten wir die „Metzgerei Sum", wo es leider so metzgerlich roch.
Ich durfte dort drei bemalte Ostereier aussuchen, die wir hernach völlig vergaßen. (Erst jetzt beim Dichten fallen sie mir wieder ein.)
Im Inneren der Metzgerei schnellten meine Gedanken nach Trossingen zum Korrepetitor Dieter Sum, dem die Frau durchgegangen sei, wie ein Gaul.
„Das kann es nicht gewesen sein!" mag sie gedacht haben.
Dann besuchten wir die Bäckerei Lang, die immer sehr voll ist, und wo die köstlichen Seelen dick und lang sind, so daß dies im Grunde nichts für die Figur ist.

Daheim erhob sich die Aida, und stellte auch sofort ihre schlechte Laune zur Schau.

Grußfrei wankte sie, schlafesdurchtränkt aus ihrem Zimmer, und ließ fühlen: „Au wei! Au wei! Mit der ist heute nicht gut Kirschen essen!"

Der Youssou ist da deutlich netter und höflicher, doch beim Frühstück zofften sich die Kinder leicht. Zuerst stritten sie sich um das einzige Mohnbrötchen, und die Hilke wird immer etwas schmallippig beim Youssou, und verändert sich in seiner Aura, wie ich finde, zu ihren Ungunsten.

Das Yüsslein hat´s ja durchaus mitbekommen, daß seine Mami auch süß und sonnig sein kann, bloß daß diese menschliche Wärme, die sie zu verschenken hat, eigentlich immer bloß für andere, und so gut wie nie für ihn gedacht ist. Die Hilke weiß das vielleicht selber auch, kann aber leider nichts dagegen machen.

Die Aida beleidigte den Youssou: Daß er so dumm sei! und der Youssou beleidigte auf eher belustigte, leicht augenzwinkerische Weise zurück, und hinzu deutlich weniger tiefgehend.

„Eine vier in Mathe in der fünften Klasse!" höhnte er gutmütig.

Später zeigte mir die Hilke eine kleine Sozialwohnung im Dachgeschoss eines

Nachbarhauses, wo ich doch hinziehen könnte?!
Die Kinder würden sich freuen. Doch die Straße, aber auch das schöne Wetter drum herum, daß sich nun grau überzogen hatte, war mir fremd.

Das Beätchen hatte geschrieben:
Leider sei es mit ihrer Schulter arg, aber dies sei vielleicht die Strafe Gottes, wenn man meine Aufsätze so liest?
Ich schrieb ganz warm zurück, daß ich ihr die Schulterschmerzen gerne abnähmen␣täť, als Gottes Strafe darüber, was ich wohl alles so niedergeschrieben hätt? Es wäre besser gewesen, so zu schreiben wie die Antje.
Dann verabschiedete ich mich vom Youssou, der sich einfach mit dem Walkman ins Bett gelegt hatte um Faulheit zu betreiben. Auch die Aida lag im Bett, dieweil sie leider so faul ist, daß es gen Himmel stinkt!
Doch in weniger als einem Monat beginnt ja für die kleine Familie ein neues Kapitel: Man fährt in den Senegal um Omi und Opi kennenzulernen, und in wenigen Tagen wolle man sich gegen Gelbfieber impfen lassen, und mit der Malaria-Prophylaxe beginnen.

Ich verabschiedete mich nach Löffingen, und die Hilke radelte zur Reha-Gymnastik.

Im Rasthof Neckartal gönnte ich mir ein Pistazieneishorn, und die BILD-Zeitung berichtete ausschweifend, liebe- und lustvoll vom „Tag danach": Nämlich vom Tag nach der Verurteilung von Uli Hoeneß, der in edler Weise auf eine Revision verzichtet, und somit in den Knast wandert. In wenigen Wochen bekommt er ein Schreiben, in welchem zu lesen steht, wann er wohl anzurücken habe, um seine Haftstrafe zu absolvieren.

Hoch im Kurs steht der Knast in Landsberg, in welchem Adolf Hitler einst „seinen Kampf" geschrieben hat.

Bei guter Führung wird dem neuen Häftling auch bald Freigang gewährt.

Auf der vorletzten Seite gab sich die Bildzeitung Mühe, alle aufgeworfenen Fragen des „kleinen Mannes" gewissenhaft zu beantworten. Man sah sogar eine kleine Zelle, wo alles drin ist, was man so braucht.

Allerdings muß auch Uli Hoeneß die blaue Gefängniskluft tragen, und eine Einzelzelle bekommt er auch nicht.

In Bayern ist jeder einzelne Häftling dazu verpflichtet zu arbeiten, und da der Uli

Wurstfabrikant von Beruf ist, könnte sich die Bild-Zeitung einen Job in der Gefängnis-Verwurstung für ihn gut vorstellen.

Bald darauf fuhr ich im leblosen Löffingen ein, und fand diesen Ort ganz furchtbar, weil ich ihn nämlich furchtbar finden *wollte*.
Draußen war es windig und herb geworden, und zunächst hab ich mich sogar in der Kirche geirrt, indem ich irrtümlich die katholische betrat.
„Vorsicht Stufe!" las man, doch während ich's noch las, wäre ich ja schon bald lebensbedrohlich gestolpert.
An der Inneneinrichtung hat man dann auch sehen können, daß alles katholisch war: Es schaute nämlich aus wie im Dom von Wiener Neustadt.
Eine riesige Kirche in welcher nur ein vereinzelter Gläubiger saß, und nicht einmal den Kopf zu mir umwandte, dieweil ihm womöglich alles Irdische zum Ekel war?
Ich fuhr in den trostlosen Stadtkern, um mein Auto auf dem Parkplatz „für Kurzparker" abzustellen. Doch außer mir fand sich gar kein Kurzparker.
Wenig später lernte ich vor dem Portal der Evangelischen Kirche die verunsicherte Schwäbin Frau Spang kennen, in deren Zügen sich

erschrockener Ernst, verbunden mit dem Bestreben „alles richtig zu machen", spiegelt.

Der Kirchenraum war warm, und mein Violinspiel, das sich in den Raum verteilte, klang soweit nicht schlecht.

Nach einer Weile zeigten sich die ersten Interessierten: Die höfliche junge Geigenbauerin „Frau Schütze", die extra eine selbstgebaute Violine mitgebracht hat. Im Schlepptau den kleinen Armin.

Buzens Schülerin Nataša war mit ihren beiden kleinen Töchtern erschienen. Doch mehrere Leute die sich herbemüht hatten, kannte ich gar nicht.

Schließlich begann´s.

Das Publikum wirkte scheu und verhalten.

16 Erwachsene und 5 Kinder schienen nicht so recht zu wissen, ob man in der Kirche applaudieren dürfe – und so klatschten sie nur ganz leis, und hörten auch sofort damit auf, wenn ich die Bühne verließ.

Als ich nach dem Konzert wieder auf die Bühne trat, brachten mir drei kleine Kinder je eine Rose, und das eine kleine Mädchen sagte so freundlich und mit klarer lauter Stimme:

"Herzlichen Glückwunsch zum Geburtstag, liebe Frau Königin!" Dies sagte es, dieweil Mutti Nataša gesagt hatte, sie müsse gratulieren!

Auf der etwas hell klingenden Geige von der Frau Schütze spielte ich die 1. Seite vom Mendelssohn-Konzert, und in der letzten Reihe sah man den rübezahlartigen Pfarrer Krieg, der mir schon von der Webseite her vertraut war.

Meine größte Angst war, niemand sei auf die Idee gekommen, zu spenden. Doch ich nahm 127€ ein, und mein monatliches Einkommen bis jetzt beläuft sich zusammen mit meinem Lohn von Frau Linke somit bereits auf 677€!

Etwas was ich Ming alsbald am Händi vorrechnete, als die jungen Leute mit dem Pröppilein in Norden auf der Seehund-Zuchtstation waren.

„….außerdem eine Zwergbibel und eine Zwergbuddl mit Wein!" komplettierte ich die Liste an Ergeigtem.

Diesen ergeigten Wein haben sie getrunken, und er sei köstlich gewesen, berichtete Ming.

Ich fuhr durch die verheulte, fast könnte man sagen „verschnupfte" Nacht nach Rottweil.

Die rührende Ute hatte sich schon am Telefon so gefreut, als sie hörte, daß ich komme, und dann war ich da! Bald schon begrüßte ich mich mit der Rosalie, die eine zur Hälfte kahlgemähte Frisur trug, und auch Vati Hubert mühte sich die Treppen herab.

Zuerst sah man die Füße in klobigen Schuhen, und den Kopf erst zum Schluß.

Zum Abendessen (köstlichste vegane Krautwickel) sprachen wir über die Sperrstunde für junge Leute, denn auch die 17-jährige Feli befand sich auf einer Geburtstagsfeier, und ihre „baldige" Heimkunft vibrierte auch zu vorgerückter Stund noch keinesfalls in den Lüften.

Die Themen plätscherten gemütlich vor sich hin: Von Herrn Scherließ, den die Ute aus der Sauna kennt, und der von Unglück dreierlei Art umbrandet wird: Herzprobleme, Hüftschaden, Depressionen. Vom Marius, dem wandelnden Sprengsatz, der Theresa und ihrer engen Wohnung in New York – Uli Hoeneß im Knast. Vier Schicksäle – und das mit der Knastlaufbahn ist vielleicht noch nicht einmal das schlimmste?

Ab sofort verdient der Uli zwischen 9 & 15 € pro Tag.

Frühstück von 6:15 h bis 6:30 h. Das wäre etwas kurz für eine eingefleischte Frühstückoholikerin wie mich.

Sonntag, 16. März
Rottweil - Stuttgart

<u>Wunder</u>schön

Die Zeit für die Reise zur Matineé nach Lauchringen hatte ich großzügig aufgeplustert.
Eine Stunde und fünf Minuten, so verriet gestern in einer triefigen Regennacht die Navigatöse, doch ich tat vor meiner Herbergsmutti Ute und mir selber dran so, als müsse man auf jeden Fall mit zwei Stunden rechnen, weswegen sich zumindest die Erwachsenen mir zu Ehren um 7 Uhr zu erheben gedachten.
Am Morgen hörte man die Rosalie barmend husten, und ich stellte mir gleich vor, *sie würde krank und stürbe bereits in jungen Jahren.*
Erkrankt jemand in der Familie an Husten, so ist das Familienleben gleich nicht mehr schön.
In der Küche surrte der Saftomat. Ein gigantisches Modell, das die so aufmerksame Ute auch ihrem Papa mal zum Exitus-Aufschub geschenkt hat, und nun saftete sie herum, und ich schoß zwei Fotos für Ming: Utes Wimmelküche.
Nach einer Weile wand sich auch Vati Hubert die Stiegen herab, brachte das gewisse „bayrische

Etwas" in die Stube, und man muß schon sagen: Der ausgewrungene Saft, bestehend aus feinstem Bio-Obst, und zart verfeinert mit einem Hauch Ananas aus Ecuador, war so ziemlich der leckerste Saft den ich jemals getrunken habe.

Für so ein Glas könne man ohneweiteres 7,90 € verlangen, und wenn man sich mit dem Saftomaten einmal pro Woche vor dem Portal der Musikhochschule aufstellt, so könne man tatsächlich reich werden, wie Buz schon immer prophezeit hat.

Doch die Ute glaubt es kaum, da die Maschine ja extrem langsam arbeitet, um die Vitamine zu erhalten, und sehr umständlich gereinigt werden muß.

Leider waren uns als Frühstücksgruppe nur zwanzig Minuten Behaglichkeit beschieden, und in dieser kümmerlichen Zeitspanne erinnerte sich der Hubert an das letzte Konzert, das man gemeinsam in Schwetzingen besucht habe – wenn ihm auch der Name der Violinistin wieder entfallen war.

„Patrizia Kopachinskaja".

„Toll!" sagte die Ute mit einem liebevollen Lächeln begeistert in der Erinnerung.

Dann lieh mir die Ute noch ein Buch von einem gewissen Herrn Ortheil über seine Moselreise.

„Da mußtest du doch auch an die Kika denken?!" half sie Hubertchens Gedanken bei der Lektüre im Nachhinein auf die Spur.
„Hm – ja", brummte der Hubert gutmütig, doch ich glaube eher, er muß immer so viel arbeiten, daß er die Bücher die ihm empfohlen werden, einfach so zwischen die Finger stopft und dazu einnickt.

Bald darauf fuhr ich davon.
Wieder kam ich in die unsympathische Schwarzwälder Gegend, wo ich mich immer so unwohl fühle.
„Ich bin ein Fän von der Gegend in der ich wohne!" hallten Worte von Herrn Weimer aus dem Jahre 1989 in meinem Inneren nach – doch ob er dies wirklich war? Das kann ich mir nicht vorstellen!
Lauchringen finde ich besonders scheußlich.
Im Kirchinneren plätscherte ein Gottesdienst vor sich hin.
Überraschenderweise hatte man unten allerdings alles offengelassen, und ich betrat die klerikalen Räume. Von oben tutete unbedarftes, aber ganz lieb klingendes Orgelspiel herab.

Die Pfarrerin Martina S. gefiel mir auf den ersten Blick auch nicht so besonders: Typus einer

Cellolehrerin aus der Musikschule, und die meisten Cellolehrerinnen tun bei jeder Gelegenheit immer so „erstaunt" (in Anführungszeichen, wie hier zu sehen). Ich selber präsentierte mich jedoch strahlend freundlich, denn unbewußt möchte man doch immer eine Freundschaft entzünden, und dem anderen die Gelegenheit geben, den stoffeligen Eindruck, den er für´s Erste leider gemacht hat, wieder hinwegzubügeln, und so stelle ich mir zu meiner Wärme und Freundlichkeit, die ich anzubieten habe, oftmals einen Docht auf dem Haupt des Gegenübers vor, auf dem man ein kleines Flämmchen der Erleuchtung entzünden möchte.

In dem unerfreulichen kleinen Kabüff neben dem Kirchraum wurden die Spenden gezählt, jeder Pfennig, jeder Groschen aufeinandergetürmt, und als ich dann losüben wollte, setzte sich die Pfarrerin einfach mit einer anderen Bediensteten zum Quatschen in die Bank hinein.

Als ich dann etwas später bereits leicht verschönt herumstand, wandte sich Frau S. mir als Gast sodann etwas besser zu: „D´erschtö Gäscht kommöt scho!" sagte sie.

Ein allererstes Ehepaar hatte ich ja auch schon bemerkt, doch um 10:51 hieß es dann mit einem kleinlauten Lächeln, es seien erst zehn Leute erschienen. „Wieviel hän Sie denn erwartöt?"

Dann waren es aber doch „knapp 30", und wieder saß die freundliche Dame aus Afrika dabei, über die ich mich damals wie heute wundere, was sie wohl in diesen trostlosen Ort „Lauchringen" verschlagen haben könnte? Später lernte ich die freundliche Frau sogar kennen, und erfuhr, daß sie im Kirchenvorstand sitzt.

Mehr von ihren Wurzeln hat sie nicht verraten. Ich habe allerdings auch nicht gefragt, weil womöglich ein jeder wissen will, was eine ausgereifte Schokoladenpuddingnegerin aus Afrika wohl nach Lauchringen verschlägt? (Wenn natürlich auch nicht in diesen Worten.) Will sie vielleicht den Gospelchor ein bißchen anfeudeln?

Frau S. hätte auch noch ein Sträußlein für mich gehabt, doch dies fiel ihr erst viel später ein, als ich nach dem Konzert soeben in mein Auto stieg. Da wetzte sie noch schnell in die Kirche, um es herbei zu holen.

Ganz unaufdringlich, Rehleins Worte aufgreifend, frug ich Frau S. noch, ob die Kirche vielleicht einen kleinen Fahrtkostenbeitrag leisten könne? Die Sonnenstrahlen auf ihrem Gesicht schnurrten ein, ohne daß das Gesicht sich davon verdunkelte,

und sie meinte lediglich, da müsse sie sich schlau machö.
Nachtrag 2019: Nie wieder was gehört.
Dann wollte ich wissen, ob es in Lauchringö so etwas wie einen „Stadtkern" gäbe, und bei diesem Thema wurde Frau S. auch wieder etwas lebhafter und hilfsfreudiger: Es gäbe ein italienisches Eiscafé, und wenn das Wetter so sei wie heut, so sei dies „ö absoluter Treffpunkt!"
Mit diesem Wissen behaftet fuhr ich ein bißchen herum.
Ich zählte meine Einkünfte: 211€ und bezifferte mein Einkommen für den Monat März somit auf knapp 900€.

Die „Bild am Sonntag" widmete sich hauptsächlich dem Drama um Uli Hoeneß, das vielleicht gar kein Drama ist, denn ganz Deutschland scheint zusammen mit dem Uli in den Knast von Landsberg einzurücken: Einem vergleichsweise angenehmen Knast, so daß sich gar erste Vorfreudentriebe bilden?
Zwar schreibt die Zeitung, vor Ehefrau „Susi" sei tief der Hut zu ziehen….
was diese Frau alles durchmache! Sie sei Seelentrösterin ihres Mannes, und, und, und….

Doch die Susi ist doch todfroh, daß der alte Haudegen hinter schwedische Gardinen wandert, wo er schon so lange hingehört.
Der Uli freut sich auch: Fußball interessiert ihn nicht mehr. Sein Platz auf der Tribüne ist nun leer, und soll auch nie wieder aufgefüllt werden. Jedenfalls nicht von ihm, und jetzt möchte er die Zeit nützen um Goethe & Schiller zu lesen und Beethoven zu hören.

Weil ich eine Unschlüssigkeit in mir toben fühlte (Grebenstein (Lindenstraße), oder Stuttgart (Sushi)), hätte ich gerne Hilkes Rat eingeholt. Es meldete sich jedoch nur der Anrufbeantworter: Ich erzählte, daß ich vorhätte, ihr ein Sträußlein zu überreichen. Im Gegenzug hierfür wolle ich meine Socken abholen, die ich in ihrem Badezimmer vergessen habe. Obwohl die Socken auch als Pfand dort bleiben könnten – man könne sie auch als Brillentuch nützen, falls sie wirklich zu kurz für die van-Lessenschen Füße wären?

Ich fand die Ansage sehr geistvoll und war stolz darauf.

Doch zuvor fuhr ich noch als Überraschungsgast zu Ute M. nach Herrenberg.

Oben schaute zunächst der eher mürrisch-unpersönlich veranlagte Nathan aus dem Fenster.

„Ist deine Mama da?"

„Keine Ahnung", sagte er kühl.

Doch bald schaute aus dem Fenster unter ihm die erfreute Ute wie aus dem Suflierkasten hervor, und tatsächlich langte es uns Damen zu einer 20-minütigen Teestunde.

Die etwas üppig erblühte Ute mit modisch gestutzter Salz- und Pfefferfrisur stak in einem ärmellosen roten Kleid.

Auf dem Tisch lagen Fotos von ihrem alt und welk gewordenen Papi, über den leider Trauriges zu vermelden war: Er ist gestorben!

(2. 6. 1940 – 25. 2. 2014)

„Bin ich betrunken oder hast du zwei Kaffeemaschinen??"schelmte ich kurz nach dieser traurigen Nachricht, besann mich dann allerdings darauf, daß man den Verblichenen besser würdigen sollte, statt mit einem zweitklassigen Witz über dies Dramatikum hinwegzufegen?

Doch auch die Ute versuchte das schmerzlich Unumkehrbare mit einer kleinen Geschichte zu neutralisieren:

Der Blick eines Pflegers fiel auf Utes Gitarre, die an der Wand lehnte, und auf dieser Gitarre hatte die Ute dem alten Mann noch vormusiziert, worüber er sich immer so sehr gefreut hat.

Und dann stellte sich heraus, daß der Sohn des Pflegers ein Kollege von der Ute sei! (Herr Menno).

„So klein ist die Welt!" beendete die Ute die kleine Geschichte mit einem verschmitzten Lachen.

Wir tranken Kaffee, naschten Gebäckstücke, und die Ute psychologisierte über den Nathan, der eine sportliche Ader habe, so daß man erwägt, ihn auf die Sport-Realschule zu schicken.

Sonderlich sympathisch finde ich den Knirps ja nicht. Einmal huschte er nur kurz durchs Treppenhaus, und als die Ute rief: „Willst du nicht mal guten Tag sagen?" sagte er bloß spröd im Vorübergehen: „Hab ich schon!"

Ehemann Martin hindess begrüßte mich betont sonnig, und man frägt sich, wie ein so warmherziges und freundliches Ehepaar einen solch spröden und unnahbaren Sohn zustande gebracht hat?

Die Katharina hatte mir so rührend auf Band gesprochen, und von den Kohlehydraten berichtet, die sie heut bei der Hannelore zu sich genommen hat. 90, 9 Kilo!

Montag, 17. März
Stuttgart - Grebenstein

In Stuttgart wunderbar,
doch auf der Reise wurde es bald grau und bräsig
Die Hilke hatte vom Brötchenkauf die BILD-
Zeitung mitgebracht, da ihr das Schicksal der
verschollenen Flugpassagiere aus Malaysien sehr
nahe geht.
Auf lauter kleinen Fotos wurden uns Bild-Lesern
die Fluggäste posthum vorgestellt.
Wir frühstückten mit dem Lulatsch Youssou:
Mathe in der ersten Stunde, so erfuhren wir, und
dann kommt auch schon Erdkunde, wo derzeit die
Erdkruste durchgekaut würde. Ob er sich drauf
freue?
Ja, immer doch.
Einmal zeigte sich das Aidalein gewohnt mürrisch
– indem´s einfach nur aus seinem Zimmer trat und
die offgepisste Körpersprache nach Art einer
älteren Dame für sich sprechen ließ.
Ich erzählte von Lipis Sohn Nate, der lieber eine
Barbiepuppe als Mutter hätte, statt einer Chinesin,
die ihm vor seinen Spezis schrecklich peinlich ist.
Kommen die zu Besuch, so bittet er die Lipi, sich

so zu geben, als sei sie die angemietete Raumpflegerin.

Über Pickel sprachen wir auch, und ich erinnerte mich wie ich einst – wie heut die Katharina in ihre Diät – so viel Hoffnung in Clearasil und Mytolac gesetzt hab. Doch meine Hoffnung wurde bitter enttäuscht, und es kam genau so, wie ich es einmal scherzend vorausgesehen habe: Die Pickelzeit ging nahtlos in die Runzelzeit über.

Der Youssou griff nach der BILD-Zeitung. Er bedauerte die vielen Chinesen, die mit der Boeing verschwunden sind, und auch ihre Lieben, und möchte gleichzeitig wissen, wie es dem Uli geht?

„Lieber Uli Hoeneß!"

leuchtete einem auch schon gleich die Rubrik vom Proleten und Gossengoethe Wagner entgegen, die ich dann später aufmerksam las, als die Hilke zu ihrer Frühschicht (7:45 – 8:30) aufgebrochen war.

Wieder zeigte sich die Lust eines schwachen Literaten am Aufzählen:

„Uli Hoeneß nach dem Knast ist nicht mehr Uli Hoeneß" gefiel sich der bekennende Stehpinkler in einer Prophezeiung, und wiederholte diesen Satz an anderer Stelle mit anderen Worten nochmals.

„Ach komm!" möchte man da an so manch einer Stelle ausrufen, und ich stellte mir vor, *auf der Straße nach meiner Meinung gefragt zu werde, und mir jemand ein*

Mikro vom SWF vor den Mund hält. Im Stile der Pfarrerin S. aus Lauchringen sage ich: „I könnt mir vorstellö, daß sei Frau vielleicht ganz froh isch?"

Hilke und Youssou waren in den Tag hinaus entschwunden, so daß das Aidalein ganz von alleine wieder nett und zugänglich geworden ist.
Und während ich mir noch einen Karokaffee brühte, erzählte ich vom geplanten Treffen in Ulm mit Mika und Frau Kirwald, das, – wie es der Zufall will - genau am Vorabend zu Aidas 17. Geburtstag, am 20.6.2020 stattfinden soll, so daß ich am nächsten Tag ohne Weiteres zum Geburtstag kommen könnte, wenn sie mich denn man einlüde? Bis dahin ist die Aida ein flippiger Teenie, und im Treppenhaus liest man womöglich:
Ich feiere meinen 17. Geburtstag.
Es könnte somit ein bißchen laut werden.
Bitte drückt ein Auge oder ein Ohr zu!
Man wird schließlich nicht alle Tage 17.
(Ständig hingen und hängen in den Mietshäusern, die ich besuche, Zeilen dieser Art.)
Dann lenkte ich die Rede auf Aidas 50. Geburtstag am 21.6.2053. Da bin ich 90 und leb womöglich immer noch, so daß einem Besuch auch an diesem Tage im Grunde nichts im Wege stünde.

Die Aida besann sich darauf, daß sie ihre geheimnisvolle Montagskrankheit weiterpflegen sollte, und retirierte sich ins Bett, während ich weiter in der Zeitung las.

Daß Uli H. durch den Knastaufenthalt ein anderer würde, hatte ich durch den Wagner ja bereits erfahren („Minus 6 Kilo", tippte der Wagner dümmlich). Falsch! Durch das Knastessen wird man ja eher dick und aufgeschwemmt, und fleißige Landsberger Landfrauen bringen hinzu ständig Selbstgebackenes vorbei, dieweil sie der Uli nämlich dauert. „So was hat er nun auch wieder nicht verdient!" denken sie mitleidvoll.

Auf der letzten Seite wurden noch ganz viele Fragen erörtert: Daß in Landsberg durchaus auch „harte Jungs" einsäßen, und der Schlimmste sei wohl der Krailling-Killer Thomas S. (58), der seine beiden Nichten gemetzelt hat, um an das Erbe zu gelangen.

Seine erste Frage nach der Verurteilung sei gewesen: „Wie hat Bayern gespielt?"

Der Artikel endete jedoch mit einer Aufmunterung: Es sind viele Bayern-Fans unter den Mitgefangenen, und beim Hofgang wird man denen somit allen begegnen.

Im Stuttgarter Teil der Zeitung war von einem Sextäter die Rede, der in drei Stuttgärter

Waldstücken Angst und Schrecken verbreitete: Ganz scheinheilig trat er auf die Frauen zu, um sie nach der Uhrzeit zu befragen, und dann stürzte er sich auf sie. Einer Dame fiel dabei ihr Kinder-Buggie um, doch dem Baby passierte gottlob nichts.

Am nächsten Tag gelang´s dem Sextäter gar eine 23-jährige zu entkleiden und zu entblößen. Später versteckten sich die Fahnder gezielt im Gebüsch, und schnappten den Täter somit bald. Es handelte sich um einen 30-jährigen Arbeitslosen, der die Tat jedoch bestritt.

Ob man somit tatsächlich einen Herrn in Gewahrsam genommen hat, der eine Dame harmlos nach der Uhrzeit befrug?

Hilke meint, daß sie seit dem Konzert am 15.2. keine Stunde mehr geübt habe. Jetzt wäre bis um 13 Uhr Zeit dafür gewesen, doch man fühlt gleich die Mutter in sich pochen. Ob es nicht ratsamer wäre, die kostbare Zeit dazu zu nutzen, um mit der Aida Mathe zu büffeln?

Ich aber wollte, daß die Hilke endlich losübt, damit wenigstens bald mal eine Stunde zusammenkommt, und empfahl Werke von Philipp-Emanuel Bach: Eine Fantasie-Sonate für

Violine & Klavier mit lauter Verzierungsgirlanden, über die man sich erst einmal schlau machen muß?

Ich bewegte mich wieder hinfort, und fühlte mich wehmütig.
Etwa eine Stunde nach Stuttgart begann das Wetter bräsig zu werden.

Abends daheim fühlte ich mich direkt schüttelfröstelig. Die Stube heizte sich zwar rasch auf, doch in den anderen Gemächern wurde ich je von Väterchen Frost schroff angepackt.
Für das Beätchen arbeitete ich am nächsten Kapitel, und schickte diesen Tag aus meinem Leben nach Übersee zurück – dort wo er ja auch hingehört.
Ich hatte so gehofft, vielleicht etwas Nettes über das Beätchen mit einbasteln zu können, beim Durchlesen fand ich aber, daß das Beätchen dererlei überhaupt nicht verdient hat.

Dienstag, 18. März
Grebenstein

Grau & bräsig.
Nur zur Dämmerstund lichtete es leicht auf

KFZ-Ummeldestätte in Hofgeismar. Da war´s
langweilig! In einem schmucklosen Klassenzimmer
mußte man darauf warten, aufgerufen zu werden.
Eine Dame in meiner Sichtlinie entfaltete die
BILD-Zeitung: Links oben Uli Hoeneß, der auf
Art einer Galapagos-Schildkröte, die müde aus
ihrem Panzer herausblickt, den Kopf aus dem
gestärkten Hemdkragen in die Höhe reckt.
„Jetzt geht´s ab in den Knast!" so las man.

Zwei dankbare Kunden waren soeben zuende
bedient worden, und nun war ich an der Reihe,
und wurde leider von einem kühlen, plonnerhaften
dummen Ding bedient.
Ich war ja fast überrascht, als ich nach meinem
Wunsch-Kennzeichen befragt wurde.
„YK 12" hätte ich nett gefunden. Das gab´s
allerdings nicht mehr, und so ersann ich „EK 39",
währenddessen es sogar in mir arbeitete, ob nicht

auch etwas zu Ehren Mings oder Buz´ schicklich wäre?

Ich mußte noch einen Zettel ausfüllen, und tat mich schwer damit. Zunächst frug ich nach IBAN und BIC (was dies wohl sein solle?) und spiegelte mich in den Sinnen des Fräuleins bereits als dürftige Analphabetin, und nach einer Weile frug ich – jäh aus meinem beamtlichen Dornröschenschlaf erwachend, ob das wohl was koste, ein Wunschkennzeichen zu haben?

„Das kostet 10 € 20!"

„Das haben Sie mir nicht gesagt!"

„Ich habe gesagt das geht als Wunschkennzeichen!!!" schäumte das Fräulein schwammig auf, da es das Wunschkennzeichen ja bereits niedergetippt hatte.

Hatte ich es nicht schon beim letzten Mal geahnt, daß die Wellenlänge zu diesem Fräulein leider schlecht ist?

„Dann will ich kein Wunschkennzeichen!" sagte ich, da man die 10 € 20 doch lieber einem Armen schenken sollte, und das Fräulein wurde pampig und ungemütlich, dieweil es den öden Job hasst, und nie pünktlich in die Mittagspause kommt.

„Das geht nicht mehr!" behauptete sie einfach, doch dann machte sie es ja doch.

Ich entschuldigte mich, und sie ging überhaupt nicht auf meine netten Worte ein.

Später dachte ich mir zum Spaß allerlei aus: Daß ich ihr die 10 € 20 schenke, oder daß ich vielleicht sag: „Solch eine Anpampung zu Beginn einer Bekanntschaft ist der beste Humus für eine lebenslange tiefe Freundschaft!"

Dann dachte ich mir noch Folgendes aus:

Wie ich versuche, das Fräulein für den Abend einzuladen, wie ich ihr auflauere, und auf Art vom „Tscherwjakow" in Tschechows Geschichte „Tod eines Beamten" nochmals um Verzeihung bitte. Doch das saure Fräulein mag nicht von seiner Übersäuerung herabweichen.

Zunächst aber suchte ich die Zahlstelle am falschen Guckkästchen. Dort sitzt normalerweise ein „Rebhuhn", sprich, eine nicht mehr junge, spröde Frau, die zwar auch durch die Scharmschulung gedreht worden ist, - doch bei dieser von Natur aus leider scharmfreien Hofgeismarer Dame, hatte die Scharmschulung alleinfalls einen Wert, wie die Musikschulung in Calw, bei der Heranzucht eines Musikanten?

Dieses „Rebhuhn" nämlich hatte ich zu Beginn kurz kennengelernt, indem ich angesichts des vollen Klassenzimmers, hoffnungsfroh frug, wo man sein Auto *um*melden lassen könne.

„Da müssense sich in den Warteraum setzen!"

Worte die dem Sinne nach aussagen sollen: „Da kriegense bei uns keine Extra-Wurst gebraten!"
„Exakt dort?" kam Frau Linke in mir einfältig zu Wort.

Jetzt wo ich so emsig zahlen wollte, um diesen sauren Vorgang hinter mich zu bringen, war der Raum hinter dem Guckkästchen leer, und ein redlicher junger Mann wies mir den Weg zur Kasse.

Ich lief die Stiegen hinan, und dann wieder hinab, und alles fühlte sich so kafkaesk an, denn oben fand ich nur das Bauamt vor, und ein lebloser Greis verlieh dem Ganzen hinzu eine fremde Altenheimatmosphäre, oder gar die Atmosphäre eines Wartezimmers zum Tode.

Ich war ja froh, daß ich mich gegen das dumme Fräulein durchgesetzt hab, und doch kein Wunschkennzeichen gekauft hab.

Später war der Herr in dem Kennzeichenhäusel soweit ganz nett, wenn auch das neue Kennzeichen 25€ kosten sollte, allerdings frisch gestanzt und wunderschön aussehend.

Böse Zungen könnten jetzt natürlich sagen, es würde an meinem Auto wirken wie das Gebiss von Herrn Heike: Zu weiß, um wahr zu sein.

Ich machte ein paar Bemerkungen über den Wohnortswechsel, während der Herr mit meinen

alten Kennzeichen ein Kapitel meines Lebens wegknackste. *Hier* sei ich daheim, und mit den Ostfriesen wäre ich nie so recht warm geworden, berichtete ich, ohne drum gefragt worden zu sein.
Er allerdings habe eine Frau aus Papenburg.
„Dann hat Ihnen dieser Landstrich mehr Glück gebracht als mir!"
Wieder mußte ich in dem leeren Klassenzimmer herumwarten, und die Saure holte mich dann und brachte die Schoose zuende.

Besuch bei der Edith und ihrer neuen Putzfrau, Frau Jax:
Stolz erzählte ich von meinem neuen Kennzeichen, das mich zu einer der Ihren mache, und von dem dummen Fräulein in der Anmeldestelle.
Zuhause schaute ich den fesselnden Spielfilm über den BTK-Killer weiter:
Zu seiner Ehefrau war er immer so liebevoll, und bei dieser handelte es sich um eine ganz liebe, weiche und mütterliche Dame, über die sich wirklich ausschließlich Gutes berichten läßt.
Der Dennis bedankte sich immer für alles, was sie ihm Gutes tat, und sie küßten sich ganz oft.
Die dunkle Seite in seinem Dasein nahm wohl tatsächlich nur einen kleinen Teil seines Lebens

ein, doch kleine Bosheiten am Rande erlaubte er sich dennoch, um seine Bosheit auch im Alltag ein wenig zu integrieren und auszuleben. Als städtisch angestellter Ordnungshüter fing er mal ein ganz liebes Hündchen ein, das von seinem Frauchen so sehr geliebt wurde. Ganz aufgeregt wollte die brave Frau ihren kleinen Liebling zurückkaufen, und hatte das Bargeld hierfür bereits abgehoben, und griffbereit in der Tasche. Doch das kühle asiatische Hascherl an der Rezeption sagte klipp und klar, sie müsse sich damit beim Chef persönlich melden.

Dauernd rief die Dame ganz aufgeregt an, sprach ihre Botschaft bebend auf Band, und nie meldete sich jemand zurück.

Aber an einem Abend klingelte BTK an ihrer Türe, um sich ganz herzlich zu entschuldigen: Der Hund sei versehentlich erschossen worden. Die weinende Frau spuckte ihm ins Gesicht, und nannte ihn geisteskrank!

Bewegende Momente in seinem Leben gab es auch:

Als er feierlich zum Kirchenpräsidenten gewählt wurde, und sich im anschmiegenden Gottesdienst, die Kirchgänger an den Händen hielten, um gemeinsam dafür zu beten, daß BTK endlich

geschnappt würde, und die Stadt von diesem bedrückenden Bann erlöst würde.
Im Verhör später gab er sich locker und witzig.

Mittwoch, 19. März
Grebenstein - Aurich

Zwischen matt- und mittelschön.
Hi und da auch grau

Das Beätchen hatte ganz süß geschrieben, daß sie das 10. Kapitel auch noch bräuche...oder stünden dort Dinge drin die sie nicht lesen dürfe?
In mir ballte sich schon allerlei zusammen, was ich ihr wohl schreiben könne, wie z.B., daß in den anderen Kapiteln nur Lobgesänge über sie zu lesen stünden, die ich allerdings alle hinweggelöscht habe, damit sie nicht abhebt.
Seltsamerweise löst die Bea in der Distanz einen Mitteilungsschwung in mir aus, indem ich ihr jetzt z.B. die Geschichte von Frau Nolte niedertippte: („Ach, hörense doch auf!") und wie ich mich durch die jähe Anbarschung zu einer

unreflektierten Äußerung habe hinreißen lassen, die sich nie wieder gut machen läßt.
Doch die Bea kennt ja die Frau Nolte gar nicht, und will sie auch nicht kennenlernen, und so löschte ich die Geschichte wieder hinweg, und ließ nur ein paar dürre Zeilen stehen.

Ich packte zusammen, und besuchte die Edith mit einem Beutel voller guter Dinge, wie beispielsweise zwei bonbonförmigen Zwergleberwürstchen, die der Onkel Hambum neben einem ungeöffneten Becher Sahne einfach zurückgelassen hat.
Ich breitete die schönen Gaben in der Küche aus und erfuhr, daß die Edith nichts verschmähe.

Später lief ich durch Hofgeismar und telefonierte mit Ming, wobei ich erfuhr, daß die Firma Thiele ein Konzert zu sponsern gedächte.
„Und das Ministerium?"
„Das Mysterium?" sinnierte Ming, „das muß sich ja auch noch rühren!"
„Da muß man mit der juristischen Keule drohen!" hörte man mich mitten in Hofgeismar sagen. Einem öden Ort, wie ich Ming nun schilderte, doch strenggenommen hat den mir ja hauptsächlich die saure KFZ-Dame in der

Garnison-Straße verdorben, an die ich immer wieder bestürzt denken muß.

Ich stellte mir vor, wie ich mir selber eine verwunderliche Aufgabe stelle: Wie ich alles dransetzen sollte, mich mit diesem Frauenzimmer zu befreunden, denn war das Evchen zu Beginn der langjährigen Frauenfreundschaft, die am Ende auch noch in eine Kranzniederlegung am Grabe mündete, nicht auch immer so garstig zu Omi Ella?

Ich besuchte die Stadtbibliothek und suchte ganz lang an etwas Unbestimmtem herum, ohne wirklich fündig zu werden.

Schließlich aber tauchte ich mit einem HörCD-Böxle am Tresen auf: Einer Schaudergeschichte von Joy Fielding, die sich darauf spezialisiert hat, Bücher zu schreiben, die dort anfangen, wo das Leben aufhört schön zu sein – oder anders formuliert: Wo das Leben anfängt „interessant" zu werden. (Zumindest für den Leser).

Als das Rebhuhn am Tresen erfuhr, daß ich eine Neuanmeldung sei, verwies sie mich an eine andere Mitarbeiterin, und diese andere Dame war richtig nett und persönlich, so daß man das aufregende und freudige Gefühl, ein neues Bibliotheksmitglied zu werden, richtig gut mit ihr teilen konnte.

Doch zunächst schnuddelte „das Rebhuhn" noch ein bißchen auf uns Damen ein, und auch ich schnitt ein interessiertes Gesicht hierzu, um eine der Ihren zu sein.

Sie habe drei Flaschen stilles Wasser für eine Künstlerin besorgt, die eine Lesung abgehalten hat, und als sie die abrechnen wollte, da machte die Stadt Hofgeismar ein Gedöns um das Pfand!

„Wissense was?? Das schenke ich Ihnen!" erzählte das Rebhuhn stolz, was es gesagt habe, und schaute zu diesen beifallsheischenden Worten sogar mich an, dieweil es mein Interesse spürte.

Nichtsdestotrotz hat aber die andere Dame mir diese Geschichte nochmals übersetzt.

„Höhö!" machte ich ein weiteres Mal.

Ich fuhr mit ganz viel Zeit und Muße Richtung Aurich, und hörte zunächst einen bitteren Roman mit dem Titel „Abschied von den Eltern", für den meine Geduld allerdings bloß 1 ½ CDs lang währte, obwohl in dieser Zeitspanne kein einziger Kopf geschüttelt wurde.

Spannend fand ich das Hörbuch „Nur der Tod kann dich retten!" von Joy Fielding, das in einem Klassenzimmer anhub, und ich schwärme doch für Filme und Bücher, die in Klassenzimmern, oder aber einem Eisenbahnabteil beginnen.

Die Stimme der Leserin klang allerdings so kiebig und unangenehm, und zwei Köpfe wurden bislang hinzu auch noch geschüttelt.

Hatte ich nicht gesagt: „Ich lese meine Bücher bis zum ersten „geschüttelten Kopf", bzw. der ersten „gezuckten Achsel", und dann lege ich sie wieder beiseite?

Einen Pfad in dem Hörbuch empfand ich als packend: Wie ein dickes Mädchen bei ihrer Großmutter „Rose" herumsaß, die immer so mürrisch und eklig zu ihrer unzulänglichen Enkelin war. Sagenhaft beklemmende Dialogführung!

Am Abend in Aurich erfuhr ich Schockierendes, das mich sehr mitnahm: Buz liegt in der Türkei im Krankenhaus. Fieber, Husten, ein Infekt? Da man aber versäumt hatte ihn auslandszuversichern, koste dies 3000€!

Mit weichen Knien schöpfte ich etwas Tüchtigkeit auf meiner Violine zusammen, und hätte doch am liebsten geweint.

Morgen reisen Rehlein & Buz allerdings wieder heim nach Ofenbach.

Donnerstag, 20. März
Aurich (Buzens Zimmer)

Ein wunderschöner Tag.
Bloß ab Nachmittags hauchzarte Schlierwolken

Ich verkroch mich in Buzens Bett, die Angst um Rehlein & Buz in der Türkei brachte mich schier um den Verstand, und hinzu litt ich an Kältewallungen.
(Vielleicht vom Onkel Hambum ererbt?)

Am Morgen wurde ich jedoch zu meiner unbändigen Freude so goldig vom Pröppilein geweckt. Erstmals langte mir das Pröppilein einfach an die Nas, und lachte dazu, und das fand ich sooo schön.
Wegen jeder Kleinigkeit frägt Ming das Julchen um Rat. Jetzt z.B. ob das Julchen Combi- oder Biobrötchen bevorzuge?
„Gehst du uns jetzt schöne Brötchen holen? Mit Begeisterung?" beplabberte ich das Pröppilein voll Übermut, und das Pröppilein holte ihre rosa Stiefel herbei. Doch der emsige Ming war bereits in alle Winde verstreut. (Ein unpassender Satz für einen

vereinzelten Menschen, und dennoch fühlte es sich für den Moment so an.)

Ein herrlicher Donnerstag hatte sich entrollt, und das Julchen im roten Sorgenstuhl mühte sich, dem Pröppilein die malerischen, türkisfarbenen Herzogsschuhe anzuziehen. Doch das Pröppilein heulte dazu laut und barmend, indem es den Mund wie zum Gesang aufsperrte, und bog und bäumte sich zu diesem höchst sperrigen Unterfangen.

Das Julchen hat, im Gegensatz zu vielen anderen Muttis, einfach einen Instinkt dafür, was ihrem Kinde guttut: Sie stellt das Ungemach ab – in diesem Falle dem Wammerl die Schuhe aufzunötigen, und gleich wirkt es so, als habe man den Stecker gezogen, und das Geschrei verstummt auf angenehme Weise.

Ich erzählte vom kleinen Johannes, der sein Geschrei auch dann fortzusetzen pflegte, wenn die Ursache beseitigt war, und wärmte Erinnerungen vom Sommer 2001 auf: Der Johannes heulte barmend & laut, dieweil ihm ein Autogramm von Otto Waalkes versprochen worden war. Doch der Otto hatte sich auf Prominentenart bereits in Luft aufgelöst.

Doch der Dirigent Michael Kuen zeigte ein Herz für den weinenden Knaben. Er stürmte dem Managerteam hinterher, verhandelte, und als der

Johannes das Autogramm sodann endlich in Händen hielt, heulte er einfach barmend weiter.

Ich würde immer so gerne mit dem Pröppilein das Wimmelbilderbuch anschauen, auf dessen Deckblatt ich bereits eine Katze entdeckt habe: Im Rahmen einer Wohnungsauflösung wird mit Hilfe eines Krans ein Kuschelsofa aus einer Wohnung hinweggehievt, und darauf liegt eine gemütliche Hauskatze, der die ganze Aktion am Arsch vorbeizuziehen scheint?

In der Tom-Brook Straße radelte mir die außerordentlich schön zurecht gemachte Gretel entgegen: Das lindgrüne Wams geschmackvoll auf die teure güldene Armbanduhr abgestimmt, und sogar einen Frisörbesuch hatte die Gretel auf sich genommen, bloß daß der Hartmut ihr nicht durchgehe wie ein Gaul.
Ich erfuhr, daß die Gretel „dem Verein der Freunde des Musikalischen Sommers e.V." noch gar nicht beigetreten sei – auch nicht dem anderen, sagte sie betont beiläufig, was ja wohl bedeutet, daß sie Gut & Diebesgut gleichwertig sieht.

Ming war so gerührt vom Yaralein und meinte, manchmal erinnere es in seiner Ausstrahlung an mich.

So zäh wie mein Erhöbnis am Morgen, gestaltete sich leider auch meine Einkuvertierung ins Bettgehäuse zur Nachtesstund´.

Freitag, 21. März

Schon in der Nacht hörte man es regnen.
Bis zum Nachmittag sehr trübe und regnerisch.
Dann verbesserte es sich und wurde schön,
wenn´s auch kalt blieb

Ich träumte allerhand: nämlich, daß ich Konzerte in Rumänien hatte. Organisiert von einer engagierten Schülerin Buzens. Doch es fühlte sich in variierter Form direkt so an, als besuche man die ostfriesischen Inseln, indem man nämlich eine rostfarbene Hafenstation ansteuerte.
Und so, wie manche Leute einen ganz langen Rumpf haben, so schien diesem Tag, in dem ich jetzt stak, ein ganz langer Vormittag beschieden.
Sonst stecke ich doch immer in Zeitnot. Jetzt aber dehnten sich die Stunden, und es war immer noch erschreckend früh.

Unterwegs besuchten wir(?) mal die Hilke, und eine Sache die ich jetzt erfuhr, war bestürzend, so daß ich währenddessen kaum wußte wohin mit meiner jähen Entgeisterung: Es hieß, gestern nach Mitternacht habe Rehlein bei der Hilke angerufen und ganz viel Seltsames, Unpassendes und frei Erfundenes über mich psychologisiert. Wir kamen darin überein, daß dies wohl im Banne betrunkenheitsbedingter Enthemmung geschah, und besonders bestürzend für mich als Tochter war's somit, daß Rehlein sich offenbar heimlich hat vollaufen lassen.

Ich kam an eine Tür, die in einen sehr langen, und mit feinsten Teppichen ausgelegten Flur hineinmündete. (Fast so lang wie ein Museumsflur.) Er befand sich in der Wohnung von Lisa Leonskaja. Doch als ich schon ein ziemliches Teilstück des Flures, der durch mehrere Zimmer führte, bewältigt hatte, fiel mir siedendheiß etwas ein, und so stürmte ich nun, ganz erschrocken über mich selber, wieder zurück, und richtig: Da saß das Yaralein, das ich einfach vergessen hatte, vor der Türe. Es hatte sich eine Brille aufgesetzt, die da einfach so rumlag, und durch die es nun dumpf und töricht in die Welt hinaus blickte.

Im wahren Leben war's so, daß nun das Leben um mich herum aufzubranden begann.

Heut um 0.00 Uhr waren Buz und Rehlein vom Donaulandsbus wieder Richtung Österreich aufgepickt worden, und das Pröppilein wurde heute ganz allein in mein Zimmer entsandt.

Aus meinem Wäscheberg pickte es ganz zielsicher den Büstenhalter hervor, und trug ihn mir ans Bett.
Etwas, das ich nur ganz verunschärft sah.
Nach einer Weile hörte ich, wie Brötchenhololant Ming wieder zurückgekehrt war, dieweil er sein Börsl vergessen hatte.
Wieder war man nicht mit Weile geeilt, und dabei hätte man doch gestern aus dem neuen Wimmelbuch eine Lehre ziehen können: Sieht man da nicht ganz deutlich, wie einer eiligen Frau, die zum Flughafen eilt, beim Straßenüberqueren der Koffer aufhüpft, und alle Kleidungsstücke auf die Straße purzeln, so daß sich ein ärgerlicher Stau bildete?

An ein Frühstück war kaum zu denken. Ming mußte telefonieren, und mir oblag's, die Korrekturfahnen für das Programmheft zu studieren.
Und auch das „Grußwort" Buzens hatte Ming verfasst.
Eine Sache in diesem Heft fand ich köstlich: Man sieht das Pröppilein als Baby in seinem süßen Kleidchen am Klavier sitzen, und liest darüber: „Stars von morgen".

Nach einer Weile kam Omi Birgit zu Besuch, und im Banne dessen, daß man die Omi nicht so gerne ziehen lässt, zumal ich ja das Gefühl hab, sie gibt auch mir immer etwas von ihrer Omi-Wärme ab, auch wenn sie rechtlich keinesfalls dazu verpflichtet wäre, bat ich Omi Birgit, doch ein wenig zu bleiben!

Zum Gemütlichsein hindess fühlte sich die 61-jährige wohl noch etwas zu jung, und zu einer gemeinsamen Tasse Tee kann man sie nie so recht überreden.

Das Pröppilein darf nach Art eines Häsleins, das man sich ins Haus geholt hat, frei herumlaufen. Es hatte sich auf den Schuh-Acker im Flur begeben, eine Erbse in einen Schuh geworfen und so verschmitzt geschaut, als wüßte es genau, daß das, was es soeben angestellt hat, eigentlich nicht statthaft ist.

Stolz führte Ming Schwiemu Birgit anhand eines kleinen Filmchens vor, wie das Pröppilein Erbsen ißt, und zu jeder einzelnen Erbse genießerisch „Mmmm" sagt, da das süße Pröppilein im Gegensatz zur Tante Bea alle Zeit der Welt hat.

Der neue *Stern* war geliefert worden: *„Die Gierigen"* las man auf dem Titelblatt, und blickte auf den Maschmeyer in windschiefer Ausstrahlung drauf, der da mit seiner Veronica und ein paar „guten" Freunden herumstand.

Mich ereilte ein Anruf aus dem Schwabenland: Die Katharina. Allerdings am Nabelschnur-Telefon, so daß ich das Ü50er-Hausfrauengespräch direkt in der Horchweite vom fleißigen Julchen hätte führen müssen. „Kannsch du noch ömal anrufö?" bat ich somit.
Auf dem Weg zur Traumfigur sähe man Land!
90,0 kg

„Soll ich kochen?" hörte ich mich höflich fragen, und zu meinem Schrecken sagte das Julchen: „Ja".
Es regnete, und mein Schlüssel war verschwunden. Davon wurde ich sehr sauer. Es handelte sich um eine Ehefrauensäuernis, gekoppelt an das fast unbezwingbare Bedürfnis, selbige auch gescheit zur Schau zu stellen.
Doch ich regte mich ab, und lief unter dem Schirm zu Bio-Baier, um vereinzelte Gemüseteile aufzukaufen. Der unnatürlich vergrößerte Laden war ziemlich leer, und die Bediensteten legten eine merkwürdige Bedienungsdröge an den Tag, die das Beätchen vermutlich ganz rappelig gestimmt hätte.
Auf einem blütenweißen Bogen Papier, der auf dem Tresen auslag, hatte jemand eine Unterschrift

zu einer Weltverbesserung geleistet: Der süße Ming!

Da setzte ich meine gleich hinzu, ohne nachzulesen um was es überhaupt ging, und fühlte mich, als hätte ich mich unter die bergenden Schwingen Mings gesetzt.

Daheim schnitt ich das Gemüse klein. Im Radio sprach ein Herr über Fußball, und würzte das Thema mit einem köstlichen Anekdötchen über einen „genialen" Fußballspieler, – einen von jener Sorte, die es heutzutage gar nicht mehr gäbe – und dieser Fußballvirtuose habe gesagt: „*Einen* Teil meines Geldes habe ich für Frauen und Alkohol ausgegeben, und den anderen Teil habe ich verprasst!" Hahahaha! Gelächter, Gelächter!

Ming kehrte aus der Stadt zurück, und war sehr munter gestimmt: Ja, meinen Schlüssel habe er aus Versehen eingesteckt, aber auf diesem Trip sei ihm das Glück hold gewesen, freute sich Ming, und das Beste: Über seine OLB-Goldkard ist Buz ja doch auslandsversichert!

Da rief Ming freudig in Ofenbach an, wohin die Erwachsenen heut zurückgekehrt waren, und auch ich sprach mit Buzen.

„Schickst du mir meine Brille?" frug Buz leis und verschwörerisch, um es an Rehleins Argusohren

vorbeizumogeln, daß er seine Brille wohl einfach in Aurich hat liegen lassen. Zumindest ist sie seit dem Besuch in Aurich verschollen, wurde jedoch auch von uns nicht wiedergefunden.
(Ein kleiner Wehrmutstropfen in einem Meer an Glück.)
Bald gab´s Essen.
Ming lenkte die Rede nach Amerika und wollte wissen, was aus dem Exfreund von Beas Tochter Jenny, dem Eric, wohl geworden sei, und für die Sinne vom Julchen breitete ich diese Geschichte direkt lustvoll aus: Der Eric sei Arzt geworden, und ist ein ganz lieber Mensch. Bloß hatte die Bea immer das Gefühl, daß auf das Jennylein irgendwo noch ein Anderer warte. Poetisch formuliert gewiss, und doch kann man sich des Gedankens kaum erwehren, daß das Beätchen <u>unbedingt</u> einen reichen Mann für´s Jennylein wünschte, und tatsächlich fand sich nach einigen Jahren ein Herr namens „Tal".
Ob Ming nun viel mehr weiß, als Omi Bea lieb ist? Denn die nachfolgend angestellten Überlegungen erschienen Ming keinesfalls fremd: Daß Jennys Mann Tal sein ganzes Vermögen investiert, und als Erfinder womöglich im wahrsten Sinne des Wortes „verpulvert" hat, während der Eric als solider

kleiner Landarzt doch ein solides kleines Einkommen anzubieten gehabt hätte?

Man lachte, weil es so an ein Märchen erinnerte, und ich empfand dieses Mittagessen als Ausgleich zum Frühstück, das ja kein Richtiges war, als richtig schön.

„GUTE Gespräche" befand ich befriedigt. Ich erzählte denen noch, daß der Eric immer so unglaublich viel gegessen habe, da er so viele Kalorien verbrannte.

„Bei was denn?" lachte man, und stellte sich zu diesen Worten womöglich einen Amerikaner beim Kalorienverbrennen vor. „Beim Autofahren?"

Mittags stak das Pröppilein in Gummistiefeln, da es um diese Zeit auf „Ausgang" programmiert ist.

Ich bebabbelte Ming über Uli Hoeneß und den einstündigen Hofgang, der ihm von Rechts wegen zusteht, und seiner scharf beschnittenen Kürze wegen unerhört kostbar ist:

Jeden Tag von 16 – 17 Uhr.

Schon um 15:59h steht der Uli am Hoftor, welches auf die Sekunde pünktlich von einem unpersönlichen Wärter geöffnet wird. Dann wird der Uli mit einem unsichtbaren Fußtritt hinausbefördert, und da die anderen Gefangenen lästig sind, ist es ihm gestattet, dann auf dem Hof spazieren zu gehen, wenn alle anderen bereits wieder in die Zellen hineingesperrt sind.

90 Sekunden vor Ablauf der Zeit tönt´s aus dem Lautsprecher: „Herr Hoeneß, der Hofgang ist beendet. Bitte begeben Sie sich unverzüglich zum Haupttor", dieweil die von der Verwaltung mit den Sekunden ebenso narrisch sind wie die Tante Bea.

Das Wetter verbesserte sich. Kalt war´s hindess doch, als ich auch heut zur „Tante Olli" hinradelte. Ich hatte mir zwei *Sterne* mitgenommen: Jenem mit dem Kohl und der Maike, und jenen mit dem Maschmeyer und seinen gierigen Freunden als Titelhelden.

Darin las ich nun über den Österreicher „Alois Huber", der seine Rosi bis zur Raserei geliebt hat. Er tat immer so, als seise noch da – indem beispielsweise in der Garderobe noch immer ihre Kleidungsstücke hingen. Doch sie war schon lange tot, und eines Tages erschoß er vier Menschen und sich selber.

Dann radelte ich wieder heim.

Direkt am Bushäusl stand eine klassische junge Anhalterin mit Rucksack, und reckte den Daumen.

„Aber bitte Fräulein, tun Sie das nicht!" hätte man sagen sollen. „Ich gebe Ihnen Geld für Bus & Zug!"

Stattdessen spielte ich zweimal €-Jackpot. „Viel Glück!" wünschte mir der junge Mann im Glaskasten.
Ich hatte direkt das Gefühl, mir gingen bei den Lottozahlen so allmählich die Ideen aus, und die Zahlen die ich jetzt getippt hatte, die schienen mir allesamt nichts zu taugen. Doch was soll´s? Dabei sein ist alles!

Wieder daheim.
Ich kam an, bevor mein Verschwinden überhaupt bemerkt worden war.
Auf der Stiege stand ein Bottich mit Wäsche, und auf Antje-Art hängte ich die schnell und unbürokratisch im Speicher auf, um das Julchen ein bißchen zu entlasten.
Vor dem Computer:
Auf meinen Knien saß das Pröppilein, und wir suchten uns gemeinsam ein kleines Videofilmchen zum Ergötzen aus. Schließlich blieben wir an der reifen Kyung-Wha Chung (einer weltberühmten Geigerin) mit ihrer Kurzhaarfrisur kleben, und ich find die so häßlich! Eine bedrohliche Asiatin, die „auf Angriff" spielt. Der Geigenbogen scheint sich in einen Säbel zu verwandeln, und mit der Dame drum herum scheint nicht gut Kirschen essen.

Ming hindess fand das sehr überzeugend, weil man genau weiß wassewill!
Plötzlich war das Pröppilein in meinen Armen eingenickt, und Ming fand das so schön, daß er fast Tränen der Rührung in die Augen bekam, und den Anblick filmte.

Ich übte weiter...
Ming allerdings besuchte das Konzert vom Christoph-Otto in der IGS.

Heute-Show:
Frischknästling Uli Hoeneß wurde durch den Kakao gezogen. Man sah die „Galapagos-Schildkröte" aus dem gestärkten Hemdkragen beim „Schluck-Vorgang", und dann sah man Amy Chua, die ein erneutes Buch geschrieben hat:
Die lebhafte Amerikanerin mit asiatischen Wurzeln, neben ihrem hageren Manne stehend, erklärte das Werk. Es barg die Botschaft, daß viele Einwanderer oder Minderheiten (Leute, die entweder zu viel auf sich halten, oder aber an Komplexen leiden) es im Leben deutlich weiter bringen, als die saturierten Amerikaner in ihren Reihenhäuschen, und dem Ehemann blieb zu diesen wachrüttelnden Worten kaum viel anderes

übrig, als auf wache Art seine Bällchenaugen herauszuschrauben.

Zu später Stund kam noch eine kleine Reportage über Peter Wawerzinek, der ein neues Buch geschrieben hat („Der Schluckspecht"). Es handelt von seiner Vergangenheit als Alkoholiker. Nun hat er es geschafft, sich selber aus einem exzessiven Alkoholiker in einen gemäßigten Normtrinker zu verwandeln, und der gängigen Meinung, ein vertrockneter Alkoholiker dürfe nie wieder einen Schluck Alkohol trinken, eine lange Nase zu drehen. Prost!
Gerührt schauten Ming und Julchen auf dem I-päd Pröppi-Fotos an, und konnten es kaum glauben, wie süß das Pröppilein ist. Auch ein fremdes Baby leuchtete auf: Die kleine Klara von einer gewissen „Tatjana".
Die kleine Klara bekam die 6-fach Impfung verpasst, und trug davon einen mehr als zweiwöchigen Dauerdurchmarsch davon.
„Da waren die Abwehrkräfte gut beschäftigt!" meinte das Julchen lose.
Ich sagte nichts dazu, doch eigentlich wäre es besser gewesen zu sagen: „Das war pures Gift, und nichts sonst, das den Dauerdünnpfiff ausgelöst hat!"

Und das kleine Kind tat mir so wahnsinnig leid.

Samstag, 22. März

Z.T. Sonnenschein.
Doch es kühlte aus,
und am Horizont zeigte sich Strenge und Gräue

Ich schlief nicht so besonders gut ein. Gesundheitliche Molesten peinigten mich: Sodbrennen und Lungenschmerzen, und am Morgen schien sich auch noch mein linkes Ohr entzünden zu wollen. Wieder fühlte ich viel zu wenig Antriebspulver um mich zu erheben, und dann fiel mir auch noch ein unangenehmer Traum ein:
Von mir war der Vorschlag gekommen, das Baby zu baden, und eigenhändig hatte ich sogar die Wassertemperatur geprüft: 20 C°. Dies müsse doch wohl reichen, dachte ich im Traume, doch nun schien mir das Wasser viel zu heiß, und kurz nach dem Badbeginn wurde das Baby völlig lethargisch und leblos. Ich zog´s schnell wieder heraus, und später bestürmte uns ein Hund und schleckte dem leblosen Baby beständig übers Gesicht.

Dann hörte ich am Morgen Stimmgewirr.

An meinem Erhöbnis schien kein großes Interesse zu bestehen, doch nach einer Weile hörte man ja doch den Passus „Sollen wir die Tante Kika wecken?"

Ich schüttelte meine Mattigkeit umgehend ab, um mich kindgerecht und fröhlich zu geben.

Man versteckt sich unter dem Deckengebräu, und schneidet ein lustiges und hoffentlich erheiterndes Gesicht, wenn man wieder zum Vorschein kommt.

„Woo ist Kikas Nase?" hörte man Papa Ming fragen.

„Daa!" sagte das Pröppilein stolz und zeigte begeistert auf meine Nase, und wenig später auch noch gekonnt auf meine Zähne.

Für uns als Familie sind solch *scheinbar* banale Themen plötzlich aufregend und interessant.

Das Julchen wies Ming streng darauf hin, daß das Pröppilein den Verschluß von seiner Flüssigseife, mit der Ming seinen Po zu pflegen pflegt, geöffnet habe. Und dann droht´s doch daran zu saugen!

Pröppilein wird länger, und die Liste des zu Bedenkenden wird´s leider auch.

Beim Frühstück möchte das Pröppilein immer so gerne auf Julchens Knien sitzen. Dann ißt es und versucht gar, das Brötchen eigenhändig zu bebuttern, da es ein Mensch der Tat ist, der weiß was er will.

Hi und da sah man die Gretel an der Hecke entlang wetzen. Immer unterwegs um ihren Hartmut zu halten.

Man sah sie z.B. beim Gang zum Coiffeur, oder aber auf dem Wege, die neueste Lang-Lang-CD für das Ambiente des nächsten candle light dinners zu besorgen.

Ming meint, der „Hartmut" sei ein echter Prolet, doch die Gretel wiederum denkt in Gretellogik: „Jemand, der in die Gezeitenkonzerte geht, der kann schon mal kein Prolet sein." Wer aber sagt uns, daß das nicht der altersmild gewordene Teufelsmoor-Killer ist, für dense sich da verschönt?

Es war wieder kühl geworden, und wie zum Hohne konnte man den Frühling gleich zu Frühlingsbeginn wieder vergessen, als ich in Eile und Hast, wie das Beätchen, die Stadt stürmte. Immer die Dame aus dem Wimmelbuch, deren Koffer ja mitten auf der Straße aufgesprungen ist, als warnendes Beispiel vor Augen.

Im Optikerladen in der Pop Shop Passage ging es ebenfalls zu wie in einem Wimmelbuch. Es standen lauter Grüppchen herum, niemand beachtete mich, und alle trugen eine blankpolierte

Brille auf der Nase. Bloß das junge Bedienungsfräulein nicht.
Bald war ich wieder daheim.

Um 11 Uhr kam der Christoph zum Proben, und zu Probenbeginn entschuldigte sich Ming noch, daß er beim gestrigen IGS-Konzert in der Pause einfach getürmt ist. Er habe nämlich bemerkt, daß Pastor Rübel vor ihm saß, und sich hinzu nach ihm umbog. Da ahnte Ming, daß der alte Wurzelzwerg die Pause dazu zu nutzen gedachte, „ihm die Welt zu erklären", und türmte somit.
Ming spielte ein paar Akkorde aus der Grieg-Sonate. „Nie wieder Grieg!" rief der Christoph übermütig, und leicht beschämend von mir in diesem Zusammenhang war natürlich, daß ich daran erinnerte, daß dieser Ausruf immer wieder ertönt, wenn Musiker sich zum Zusammenspiel ballen. Und als Ming noch davon sprach, daß wir uns vom Frühling verabschieden müßten, spielte der Christoph den Winter von Vivaldi, und wir Kinder lachten laut und verzückt.
Bei der Probe fühlte ich mich so matt und saftlos.
„Pssst!" sagte man hi und da, wenn ich einsetzte, weil es denen offenbar zu laut und ungestüm war.
Zum Schluß, als der Christoph mit fliegenden Frackschößen im Winde bereits dem nächsten

Termin entgegeneilte, wollten wir Kinder ihm draußen am Auto unbedingt noch das lustige Blatt zeigen, worauf das Yaralein als Baby Klavier spielt, und darüber „Stars von morgen" zu lesen steht.
Emsig blätterte Ming einen Stapel loser Blätter durch.
Doch die Blätter wurden von einer Windböhe erfasst und zu Boden geblasen, und das, was wir dem Christoph zeigen wollten, fand sich typischerweise ersteinmal nicht.
Ein bißchen fühlten wir uns ja tatsächlich wie Enkelkinder, die ihrem beglatzten Opa unbedingt etwas zeigen wollen, was diesen vielleicht nicht wirklich interessiert – doch man möchte es einfach durch seine Sinne wie neu erleben, und ihn lachen sehen!
(Buz früher oftmals so entzückend zum Opa: „Ich MUSS dich lachen sehen!")

Am Abend würde der Christoph ein Konzert mit dem bedeutenden Cellisten Johannes Moser moderieren, und Ming und ich rieten, hernach ein Bier mit ihm zu zwitschern, um ihm auf den Zahn zu fühlen, ob er tatsächlich so hocharrogant ist, wie er wirkt?
In der Grieg-Probe fühlte ich mich ebenfalls saftlos. Ming redet immer so viel, unterbricht jäh

mitten in der Phrase, und verdirbt mein Vertrauen in meine eigene Wahrnehmung.
Vielleicht bin ich aber auch nur fehlernährt?
Jedenfalls fühlte ich mich so schwach, daß ich eine 45-Minütige Schicht kaum anständig über die Bühne brachte.

Das süßeste Rehlein hatte uns bemailt:
Man habe einen Anruf vom überglücklichen Carlo erhalten, der nun doch noch einen Job bekommen hat. In Dubai!! bejubelte uns das begeisterte Rehlein erfreut. Doch ob die Familie diesem Freudengejohle folgt? Warten dahinter nicht einfach nur die nächsten Sorgen, so wie in der Lindenstraße?

Das Pröppilein genoss das von Papa Ming so liebevoll moderierte Badevergnügen: z.B. mit der lustigen Spritz-Qualle: Hui!

Sonntag, 23. März

Zunächst mild-grau.
Doch dann wurde es harsch-grau, feucht und kühl

In so manch einer Nacht, so auch der heutigen, findet eine Art Metamorphose statt: Ich werde eingewickelt wie ein Bonbon, und fühle am Morgen, eingebettet in herrlichste Mattigkeit, kein Erhebungspulver mehr im Gebein.

Mein Schein-Erhebungspulver heißt „Yara", und nach Außen hin schalte ich auch immer auf „quirlige und junggebliebene Tante". Doch meine Erhebungspulversponsoren räkeln sich dennoch nicht.

Das Pröppilein läuft herbei, und ich lade es dazu ein, auf meinem Bett herumzuhopsen, um das süße kleine Kind noch besser genießen zu können.

Doch das Pröppilein läuft wieder hinfort, entzieht sich meinen Blicken, und könnte im Grunde allen möglichen Unfug anstellen.

Meine Stimme, die dem kleinen Schatz um die Ecke herum etwas zurief, klang zwar <u>noch</u> jugendlich, doch wie ist´s wohl heut in 50 Jahren?

In 50 Jahren bin ich nämlich womöglich immer noch da, da ich ja langlebig bin.

Doch bis dahin klingt meine Stimme ganz anders.

Ming ließ das Pröppilein auf meinem Bett hopsen, und die Kleine schaute dabei so vergnügt aus.

Am Wickeltisch schilderte ich plastisch, wie Heiners Söhnchen kurz vor seinem 3. Geburtstag einmal in die Hosen schiss, und dabei wäre er durchaus alt genug gewesen, das Unrecht seines Treibens zu erkennen.

Und dann mußte Stiefopi Kläuschen die Sauerei beseitigen. Er duschte den Knirps in der Badewanne ab, und alsbald zeigte sich unter dem Duschstrahl ein solch appetitlicher kleiner Pfirsichpo. Zum Hineinbeißen!

Wir frühstückten.

Allerdings im Banne dessen, daß wir natürlich lieber üben sollten, denn die Zeit rieselt unaufhörlich.

Ich erzählte von Ullas Enkelin, der kleinen Josephine, die trotz des hohen Tabakkonsums ihrer Mutter prächtig gedeiht, und demnächst ein kleines Schwesterchen bekommt, das „Charlotte" heißen soll.

Über Uli Hoeneß sprachen wir auch:

Dadurch, daß an seinen Fingern offiziell kein Blut klebt, wird ihm das Einchecken in den Knast freigestellt: („Binnen 10 Wochen möge er einchecken" – je früher er sich zu diesem Schritte aufraffe, desto eher öffnen sich für ihn auch wieder die Tore in die Freiheit.)

Man hat ihn einfach vor eine Entscheidungspein gestellt: Gleich einzusitzen damit man schneller

wieder draußen ist, oder aber vorher „die Korken knallen zu lassen", und vielleicht noch einen Urlaub mit Ehefrau Susi einzuschieben?
Mitten in die verbindenden Knastpsychologate hinein stellte das Julchen wieder Hausaufgaben, die dringend in Angriff genommen werden sollten, während in mir doch noch ein weiterer Beitrag über den Knastaufenthalt von Uli Hoeneß regelrecht gebizzelt hat! Daß nämlich ein Türke gesagt habe, für ihn sei der Aufenthalt in der JVA Landsberg einfach nur ein herrlicher Urlaub gewesen, so daß sich der Uli jetzt solcherart auf den Knast vorfreut, wie ein Kind, das ins Internat geschickt wird.

Die Grieg-Sonate schob sich in Form eines riesengroßen Felsblocks auf meinen Lebenspfad.
Ich übte, und plante eventuelle Unsicherheiten auszumerzen, um die solcherart geplätteten Stellen multipel zu wiederholden.

Ming und ich probten, und als Ming schon wieder ein Ritardando beklagte, wurde ich ganz mutlos.
Nein, dies sei nichts für mich, und er solle lieber wieder mit der Doreen spielen.
Ich erzählte, wie es sei, wenn jemand ständig am Tempo zupft und jemanden in seiner tief-

empfundenen Interpretation berempelt. Ming bekam fast Tränen in die Augen, weil diese Thesen mit seiner Einstellung einfach nicht zu vereinbaren sind: Es erinnere ihn an jene prominente Interpreten, die niemals von einer einmal eingeschlagenen Interpretation abrücken würden. Egal ob´s nun begleitend, oder sonstwie sei.

Wir fuhren zum Gymnasium, wo das jährliche Konzert für die Freunde des Musikalischen Sommers auf dem Programm stand.
Ming hatte sogar an einen Klavierstuhl und eine Lampe denken müssen, denn draußen war´s so kalt, dunkel und ungemütlich geworden, als wir das zunächst einsame Gymnasium aufsuchten.
Wir probten ein bißchen, und als sich bereits einige Musikinteressierte angesammelt hatten, spielte ich vor denen dran todesmutig den Anfang von der Grieg-Sonate auswendig.
Das Julchen meinte, es würde ganz toll wirken, das Werk auswendig zu spielen. Dies gab somit den letzten Anstoß.
Der Christoph moderierte das Konzert, und die Aula wurde ganz voll! Sogar die Gretel und ein zwielichter Herr namens Karl hatten sich herbemüht. Im ersten Satz raste mein Herz. Doch

ich riss mich zusammen, und brachte das Werk gut durch.

Das Julchen gab mir sogar einen Kuß!

Dann spielten Ming und Julchen Werke von Ravel, die mir so gefallen, daß ich toll werden könnte. (Mutter Gans).

Das Julchen hatte sich mit originellen Ohringen verschönt: Einem Violinschlüssel und einer Achtelnote, und schaute damit aus wie eine orientalische Prinzessin, während Ming irgendwie alt geworden scheint.

Eine Pause gab es nicht, und so fügten wir das humorige Beethoven-Trio gleich hintan.

Vor dem Konzert hatte Frau Spuhn, die Optikerfrau, noch gesagt, Beethoven sei nicht so ihr Ding, doch nun hatte sie ihre Meinung revidiert.

Thomas Baier hatte Sekt und O-Saft, sowie Chips aufgebaut.

Viele richteten das Wort an mich, doch man verstand praktisch nichts, da der Stimmgewirrpegel zu hoch war. Man konnte zu den Worten, die an einen gerichtet wurden, eigentlich nur hilflos lächeln. Das wäre nun die Gelegenheit für BTK gewesen, einer Dame mitten ins Gesicht zu sagen: „Ich bin der seit 30 Jahren gesuchte

Serienmörder!" ohne, daß die ihr Lächeln hätte ausknipsen müssen.

Ich beplabberte jene langweilige matte Frau, die sich mal beklagt hatte, daß heuer zu wenig Gesang vertreten sei. Ferner die Marlo, das Suppenhühnchen Frau M., das alt geworden ist – schließlich Gretel & Karl.

Die Gretel hatte versucht, den Hartmut und ihren Großneffen Benjamin ins Konzert zu locken – doch vorurteilsbeladen hieß es im Vorfeld „dies sei nicht *ihre* Musik". Da lacht man doch in der Vorstellung, daß die jemals was von Grieg, Ravel oder Beethoven gehört haben wollen!

Die Gemüse-Chips von Bio-Baier mundeten allgemein.

Allmählich aperte die Gesellschaft auch wieder aus. Wir schleppten noch ein paar Stühle, und unterhielten uns mit Paul Zell, der einst nicht so gerne in diese Schule hier ging – später allerdings Lehrer von Beruf wurde.

Ming & ich fuhren heim, und es hieß, wir würden eine Pizza ins Haus bestellen.

Der Christoph-Otto als Gastesbeute war uns schon mal sicher, während Omi Birgit in ihrem hübschen Kleid sehr müde war, und bald heim strebte.

Opa Willi hatte so lange auf die Kleine aufgepasst, daß es ihm schon fast zu viel geworden war, zumal er doch auch noch etwas anderes vorhatte.
Da rief Rehlein an, und mit der kostbaren Fracht am Ohr entschwand ich in die Waschkammer, dieweil bei uns Silenzium angesagt war.
Das Pröppilein wurde gestillt, und hernach nahtlos dem Nachtschlummer überantwortet.
Buz & Rehlein hätten je so einen Husten!
Doch Rehlein freute sich, daß unser Konzert erfolgreich war.
Das Julchen brachte uns Pizzen aus der sog. „Pizza-Factory" mit, und im Ashram bei eindunkelndem Huulwetter, hielten wir ein richtig nettes Pizza-Picknick ab.
Wir erzählten ganz viel vom Yaralein, und besonders die mit Curry gewürzte „Pizza Hendryk" mundete unerhört.

Abends fühlte ich mich so ermattet.
Im Nachhinein weiß ich kaum, woher ich die Energie für die Grieg-Sonate genommen hab, denn nun reichte der Rest nicht einmal mehr für den finalen Gang ins Bett!
Ich saß nur auf dem Schemel vor dem PC und wartete auf gar nichts Bestimmtes – vielleicht auf die Umarmung des Todes?

Montag, 24. März

Auch wenn es kalt und feucht war,
so zeigte sich doch auch auf nordische Weise
die Sonn´

Im Traume war alles *so unübersichtlich:*
Ich bewegte mich auf gewundenen, sich in die Höhe schraubenden Asphaltstraßen fort, und steckte immer so viel ein, daß ich richtig die Übersicht verlor: Z.B. Schoko-Nikoläuse, die am Wegesrand gepflückt werden durften.
Dann lag ich wach da, und auch wenn es geheißen hatte, den Frühling könne man zu Frühlingsbeginn getrost vergessen, so lugte unter den halb herabgelassenen Jalousien ja doch die Sonne hervor – doch es sei arscheskalt!
Ming sattelte die Kleine zur Brötchen-Safari zurecht, doch kurz vor dem Abmarsch durfte ich sie noch genießen.
Übermütig langte das kleine Buzzewackele nach Mings Nase, auch wenn man doch nach Tante Kikas Nase gefragt hatte, und unter dem Griff der kleinen Finger wirkte die Nase groß und dreieckig.
Eine verformte Nase in einem belustigten Gesicht!

Auf den Delinquenten Ming wartete heut ein Anruf von dem renommierten Anwalt „von Wedel" aus Berlin.
Da lacht man über den Bischof Tebartz, und schon klebt einem ein ähnliches Verfahren an der Backe.
Kurz vor dem erwarteten Telefonat waren die Teleföne jedoch alle verschwunden.

Frau Jendrasiak ließ wissen, daß die Pfarrerin ganz plötzlich erkrankt sei. Es wurde zwar ein Ersatzpfarrer gecastet, könne jedoch passieren, daß die Kirche gähnend leer bliebe, so daß sich ein Besuch für mich wohl kaum lohne?

Die Schulstunden, die sich summierten - gepuffert mit aus Buchstaben zusammengehäkelten Dichttopflappen ins Tagebuch - absolvierte ich mit dem Zwicker auf der Nas, und so fraß sich der Tag allmählich wieder in die Erde hinein, aus der er erstanden war.

Das Pröppilein wurde wach, und es macht so gerne Standschritte vor dem Spiegel, und sieht so lustig dabei aus.
Hi und da bleibe ich an den Tätigkeiten „spülen" und „Babysitten" kleben – doch das Pröppi hat

seine eigenen Vorstellungen, wie das Leben zu gestalten sei.

Ich z.B. würde immer so gerne das Wimmelbuch anschauen und durchdiskutieren, doch dies scheint das Baby weniger zu interessieren.

Und so angelt man eben gemeinsam die Meeresungeheuer mit den Magnetangeln auf, und ich wirbele es ein bißchen herum.

Das Julchen mußte sehr konzentriert arbeiten, und einmal fühlte ich mich direkt Ute M.haft an, als ich über Pröppileins Bestrebungen ausrief: „Eindeutig!" Als sich das Pröppilein nämlich den Annorak geschnappt hat, um die frische Luft unsicher zu machen. (Worte wie von Ute M., die immer gern in geflügelten Worten redet.)

Das Julchen, wenn auch mit einem Lächeln behaftet, war etwas unwirsch, weil ich die Tür zum Kabüff geöffnet hatte, statt das Pröppilein gescheit abzulenken.

Verbindend erörterte ich mit dem Julchen von Frau zu Frau, daß das Yaralein in einigen Jahren womöglich die Lamberti-Schule bei Frau Müller-Lamprecht besuchen könnte? Einer Dame, die vom Julchen nett gefunden wird. Diesmal blieben die Worte „bis dahin wohnen wir doch hoffentlich nicht mehr in Aurich!" allerdings aus, da einem die

Aussichtslosigkeit, dieses Wimmelhaus je wieder abzustoßen, womöglich realistisch ins Bewusstsein gestiegen ist?

Erst vor wenigen Tagen habe ich ja mit Ming die schwer zu beantwortende Frage aufgeworfen, wie das wohl mal sein soll mit der Kinderzimmerfrage? Einem Ort, wo das Pröppilein als Teenie mal seine Stereo-Anlage aufbauen könnte.

(„Geht´s auch leiser?")

Mittags übte ich bis 15:55, fühlte mich bei meinem leicht ziellos andünkendem Bartók-Geübe jedoch sehr unbefriedigt.

Mir kam´s vor, als würde ich mein ganzes Leben vergeigen.

Ein Brieflein Rehleins mit dem Subjekt „Juhuuu!!!" war nahezu unbeachtet geblieben. Doch es war bloß, daß Rehlein Buzens Spital-Rechnung nun der OLB geschickt hatte. Rehlein hofft somit, daß die OLB-Fräuleins sich fachkundig dieses Problems annehmen, und man selber es vergessen dürfe.

Ich aber radelte hinweg, und beim Radeln Richtung „Tom-Brook-Straße" fühlte ich gar die Blicke der Heimkömmlinge Ming & Julchen, die am Beginn der Straße aufgetaucht waren, auf meinem Nacken kleben. „Wo die da wohl wieder hinradelt?" frug ich mich für die, um später im Combi allerhand Unfug zusammenzukaufen. U.a.

zwei gelbe Eier, und später am Griechenwägele wie üblich dicke Bohnen für mein kleines Picknick in der „Tante Olli".

Auf dem Wege ärgerte ich mich über die Bea, so wie ich mich seit dem Petaluma-Besuch auf Mobbl-Art ja quasi jeden Tag über die Bea ärgere, so daß die Bea selber wohl kaum Verständnis dafür hätt´, daß man so viel wertvolle Lebenszeit für die Ärgerei vernutzt.

Doch der Bea selber geht´s womöglich auch so, so daß sie sich vielleicht auch den ganzen Tag über *mich* ärgert? Dann ärgert sie sich, daß sie sich den ganzen Tag über mich ärgert, und verbirgt diesen doppelten Ärger – diesen Ärger im Ärger – hinter clowneskem Gebahren.

„Du bist jemand, der so rasend in sich selber verliebt ist!" Worte, die man dem Beätchen kränkend und krachend vor die Füße werfen möchte – doch Petaluma schien mir nun am Flitzerblitzer in der Sonne meilenweit entfernt. Ich empfand die Bea als garstig und zänkisch, und nahm sie als fernes Mahnmal dafür, „so" nicht zu werden.

In der Olli schmökerte ich in alten *Sternen*, und las über Leute mit Bindungsängsten: Sie scheuen eine feste Bindung, da sie – grad so, wie das Beätchen einst für das Jennylein - immer das Gefühl haben,

daß irgendwo anders noch jemand „Besseres" säße?! Das aber widerspricht doch all jenem, was man über die Liebe zu wissen glaubt? („Der oder keiner!")
Auf einem Foto sah man einen 33-jährigen Herrn auf einer Bank sitzen, und eine inexistente Dame hatte man mit Hilfe einer Zeichnungsandeutung neben ihn gesetzt.
Ebenso war man mit einer 34-jährigen hornbebrillten Dame verfahren, die einsam über den Bodensee paddelte – neben sich die vage Andeutung der gezeichneten Umrisse eines inexistenten Herrn.
Ob Ming und Julchen diesen Aufsatz auch gelesen, und dabei an mich gedacht haben?
Draußen herrschte schönster Sonnenschein, und ich radelte wieder heim.
Omi Birgit war zu Besuch gekommen. Pröppilein hatte die Restpizza verfüttert bekommen, und war davon munter und quirlig geworden. Fröhlich stampfte es tänzerisch mit den kleinen Haxerln auf, und erzählte.
Ich erfuhr, daß die drei Generationen Birgit, Julchen & Pröppi heut eine richtig schöne Qualitätszeit miteinander verlebt haben, so daß ich gar nicht stören mochte, auch wenn ich es immer sehr genieße, wenn die Omi da ist.

Ich huschte nur so im Vorübergehen durch deren Leben, und täuschte Geschäftigkeit vor.

Pröppi war lustig! Sie lachte verschmitzt und spitzbübisch, und gab mir mit frohem Gesicht ein paar Watschen.
Auf allen vieren bellte, miaute und quakte ich, um das kleine Kind zu unterhalten.
„Die Tante Kika kann alles!" sagte ich stolz.
Das Julchen erteilte mir die Aufgabe, ein Abendessen zuzubereiten. Doch in der Küche kam ich nicht so recht weiter: Brotkorb sowie Topfdeckel je abgängig.
Einmal sagte das Julchen zum Pröppilein: „Tante Kika hat heut ja noch gar nicht gegeigt!"
Halloooh?!? Hab ich nicht den ganzen Tag gegeigt?
„Ich hab den ganzen Tag *ver*geigt!" sagte ich, und das Julchen lächelte süß.
Doch kaum hatte ich nicht aufgepasst, da zog mich das Pröppilein wieder zurück an den PC.
Auf meinen Knien sitzend, reibt es sich erstmal vergnügt die Hände.
Doch in einer Hinsicht geht es dem Pröppilein wie mir: Läuft *ein* Video-Clip, so sehnt es sich bereits nach dem nächsten.
Einmal schauten Ming und Julchen herein, und fanden es so lustig, wie wir so dasitzen.

Ich begehrte gegen den Vertrag von Lippoldsberg auf, da dort einfach stand, ich müsse mich im Falle eines Ausfallens um adäquaten Ersatz, der zu den gleichen Bedingungen spielt, kümmern.
Jetzt hätte ich natürlich schreiben können: „Jemanden, der zu solch kleinlichen Bedingungen spielt, kenne ich gar nicht!"
Abends kümmerte ich mich in Buzens Zimmer um meine Karriere, indem ich symbolisch gesprochen, im Kirchenkreis Springe ein Bein hob.
Diesmal sprach ich die Sekretärinnen persönlich an, da die ja zumindest „des Schreibens mächtig sind" (dachte das Uschilein aus Coesfeld in mir) und für einen kurzen Moment streifte mich die befremdliche Idee, der Sekretärin diese Überlegung von Frau zu Frau mitzuteilen – d.h. ich bepöbelte den Geistlichen somit bereits, bevor ich ihm die Chance, meinen Brief zu lesen, überhaupt gegeben habe!
„Von Ihnen hoffe ich, daß Sie zumindest des Schreibens mächtig sind!" hätte das Uschilein aus Coesfeld getippt, um ihr Befremden darüber, womöglich keine Antwort zu bekommen, schon jetzt fassungslos in Form nüchterner Ironie in den Mittelpunkt des Schreibens zu stellen.
Auch Onkel Dölein schrieb ich: „Wieder dahause!" da den Onkel das Geografische zu interessieren

scheint, und er seine allmählich knapper werdenden Briefe nur noch mit Geografischem auszukleiden pflegt: „Bin nächste Woche in Cape Cod, und dann geht´s zu Julie nach New York." (So ungefähr klingen heut die Briefe des Onkels, der früher, als das Mailen noch nicht erfunden war, so außerordentlich künstlerisch und dichterisch zu schreiben verstand.)
Ich schrieb, daß wir immer einen Teller Suppe für ihn mitdecken würden.
Ming im Kabüff schrieb einen Brief an Herrn Reich: „Herrn v. Wedel sei das Thema zu komplex"…las ich. Eine Prominentenbekanntschaft, die somit gleich zu Bekanntschaftsbeginn wieder verpufft ist.

Dienstag, 25. März

Zwar vorwiegend sonnig,
allerdings auf eher kühle, frische Art

Am Morgen weckte mich niemand.
Im Traum saß ich dem Kantor von Coburg *Peter Stenglein gegenüber.*

"Wir kennen uns!" behauptete ich hartnäckig.
Auf Art des verstorbenen Cellisten Pergamenschikow kramte Herr Stenglein ein bißl in seinem Hirnkastl herum, und tat so, als erinnere er sich ganz entfernt und vage, da in seinem, mit Noten nur so verrumpelten Kopf, eigentlich kein Platz für eine Dame sei.

Ich mit meiner erlahmten, oder auch defekten Erhebungssprungfeder erhob mich, um Julchen und Pröppilein zu begrüßen, die sich soeben die so außerordentlich steilen Stiegen herabmühten.

Ein bißchen besteht ja beim Begrüßungsentzücken die Gefahr, daß man sich als giftige Schwägerin ganz und gar dem Pröppilein zuwendet, und Mutti Julchen in seinen Entzückungsausrüfen gänzlich ausspart!

Ming hatte die Ostfriesen-Zeitung mitgebracht, doch dort stand gar nichts über uns zu lesen, und das Julchen meinte gar, die hätten sich auf die Fahne geschrieben, daß sie *gar* nichts Aktuelles bringen würden.

„Wie können wir uns diesem Ort bloß irgendwann entwinden?" frug Ming, doch es wird immer schwieriger, und ich bin mir mittlerweile sicher, daß die auch heut in zehn Jahren noch immer hier sitzen, und zum verschwindend kleinen Anteil allgemeiner Bekannten gehören, die man auch nach 50 Jahren noch immer unter der selben Telefonnummer erreichen kann.

Von Paul Zell war der Vorschlag gekommen, zur Winterzeit ein Konzert mit ostfriesischen Nachwuchskünstlern zu veranstalten. Doch bei Ming, und vorallendingen beim Julchen, stieß dieser völlig reizlose Vorschlag kaum auf Resonanz, („das will doch niemand hören!") und dabei hatte sich Paul Zell doch so viel dabei gedacht: Zweck sei es, etwas Lokalkollorith einfließen zu lassen.
Diesmal stellte ich klare Fragen bzgl. eines Mittagessens, und gliederte die Frage in drei Fragenteile auf, die mir allesamt von Hausmutti Julchen gewissenhaft beantwortet wurden: Um ½ 2 möge „es" dampfend auf dem Tische stehen, und tatsächlich wäre es gut für eine stillende Mutti, mal ein wenig Fleisch zu essen. Hack aus der Bio-Tiefkühl-Truhe bei Bio-Baier.
„Für eine Frau in den Wechseljahren, die du ja noch nicht bist," sagte das Julchen diplomatisch, „wiederum wären Soja-Produkte gut!"
Gleich, um 11 Uhr würde Frau Helga Oldermann zur Besprechung kommen, und es sei ratsam bis dahin die Teetafel abgedeckt zu haben.
Julchen telefonierte mit Omi Birgit, und das Pröppilein freute sich so sehr über dieses

Telefonat, daß es einen kleinen Tanz aufführte, und mit seinen kleinen Haxerln auf dem Boden herumhopste.
Ich holte sogar extra für die Omi am Telefon den weichen Fußball herbei, den das Pröppilein ihr zeigen wollte.
Doch dann ist das Pröppilein meist irgendwie verschwunden. Es wird oben gestillt, und schon ist wieder Silentium angesagt.

Mit Feuereifer stürzte ich mich in die ehrenvolle Aufgabe, Tee zu kochen.
Schließlich kam Frau Oldermann mit ihren grauen Schnittlauchlocken leicht verfrüht, und trank aus Versehen gar den Tee aus *meinem* Teehumpen! (Resttee aus der Kanne.)
„Entschuldigung, das ist *mein* Tee!" sagte ich, und fand die gefallenen und leider nicht mehr auflesbaren Worte im Nachhinein blöd, da sie völlig anders klangen, als sie gemeint waren. Gemeint war, daß dieser Tee doch so gut wie erkaltet ist, und sie als Wunschgast doch wohl ein Recht auf einen köstlichen *heißen* Tee hätte!
Geklungen jedoch haben meine Worte ein bißchen so, als wolle ich auf Art einer pikierten Amerikanerin bedeuten, daß niemand das Recht habe, aus *meiner* Tasse zu trinken.

Gestern hatte ich so viele Sekretärinnen bemailt, doch nun hatte eine meinen Brief mißverstanden.
Nach Rücksprache mit dem Geistlichen sei mir mitzuteilen, daß die Gottesdienste in nächster Zeit belegt seien.
Eine Ärgerlichkeit gab's auch zu beklagen: Die Klangbeispiele auf meiner Webseit' lassen sich nicht aufklicken.

Mittags schellte der Wecker um 12 Uhr 10 zum Bioladenaufbruch, und mein Tüchtigkeitspatron, der verstorbene Opa Wolfgang, den ich mir zu diesem Zwecke kleingeklickt aufs Schulterblatt dachte, scheuchte mich in die Puschen.
Unschlüssig entschied ich mich für eiskalt gefrorenes Gehacktes. Dazu gab's Paprika und Möhren, und wer hätte jetzt gedacht, daß das Essen tatsächlich um Punkt halb zwei dampfend auf dem Tische stünd', so wie sich das Julchen dies gewünscht hatte?
Man freute sich auch sehr über die köstliche Mahlzeit, wenn auch die Tischgespräche nahtlos an die Freude, schon wieder das Geschehen um den Musikalischen Sommer herum beschwappten.

Nachmittags war das Pröppilein so goldig. Es drückte seine Nas am Fenster der Schiebetüre

platt, und dann gab´s mir mindestens drei Nasenstüber mit ihrer eigenen kleinen Nas, nachdem sie mir zuvor an die Meinige gelangt hat, als sei´s ein neues Hobby!
Ich spielte noch ein wenig Paganini, und meinen Wecker, der um 15:59h die Dienstmädchen-Auszeit einläuten sollte, hatte ich überhört.
Da raschelte Hinwegstrebling Ming nochmals herbei, und dann tönte auch noch sein Händi auf.
Nach Art eines Verliebten - hin und hergebeutelt zwischen Begeisterung, Bänge und Eifersucht - langte Ming verzweifelt in den Strudel seines zusammensinkenden Mantels, für den es in unserem so übervollen Haus kaum noch einen Platz gibt.
Nun aber hatte Ming sich das Händi geschnappt, telefonierte und war froh.
„Sie sind ein Glücksüberbringer – bzw. eine ..überbringer<u>in</u>!" hörte man ihn warm sagen.
Es hieß, ein lang erwarteter Brief sei hinausgesandt worden, und nun könne man endlich damit anheben, Verträge zu schließen.

Später in der Graf-Enno Straße:
Die kleine Familie bewegte sich am anderen Straßenufer zügig fort, und Pröppi schien

durchgehend begeistert, mich auf der anderen Seite radeln zu sehen.

Im *Stern* las ich über Noah Becker „den Sohn von…" etwas, worunter der sensible Noah leidet, so wie einst George Neikrug, der allgemein als „Vater von Mark Neikrug" vorgestellt wurde.
Drum will sich der Noah nun als DJ und Hemdendesigner einen eigenen Namen machen.
Von seinem Papi lieh er sich auf Nimmerwiedersehen etwas Startkapital, und reiste in die Türkei.

Dann fuhr ich wieder heim.
In der Glupe, jener kleinen Straße, wo einst das süßeste Rehlein, als Untermieterin bei Frau Tosch, unser Leben in Aurich gescheit einzufädeln suchte, wird gleich zu Glupenbeginn ein geschmackloses Haus gebaut.
Normalerweise ging´s mir mit der Glupe ein bißchen so, wie mit dem Gaugerweg in Trossingen: Ab dort schien die Aura der Stadt, in der man nie so recht heimisch geworden ist, schlagartig besser zu werden. Heute aber empfand ich´s, angesichts des geschmacklosen neuen Hauses, in Kühle und Kuhfleckerl-Sonnenschein nicht mehr so.

In Aurich ging heute der Mordprozess zuende:
Ein 24-jähriger Aushilfskellner aus Iserlohn, dem im vergangenen Jahr der Mord an der 23-jährigen Alexandra auf Juist *passierte*, wird für 7 Jahre und 9 Monate in den Knast entsandt.
Nur ein bißchen länger als Uli Hoeneß muß er nun dort einsitzen, um für diese Tat zu büßen.
Am Abend telefonierte ich mit dem Heinerlein, der meine Klangbeispiele, die einfach dreisterweise vom Fehler 404 aufgesogen worden waren, wieder anfeudeln sollte. Der Heiner hat eine neue Freundin: Eine fleißige, arbeitsame Frau namens Anke, die so arbeitsam sei, daß man sie unter der Woche gar nicht zu Gesicht bekäme. Vom 20. – 26. April hindess, plane man eine Woche Urlaub in Neuharlingersiel.

Ming schaute nach Art eines ganz normalen Familienoberhauptes im Sorgenstuhl die Abendnachrichten an.
Dort ging´s um den kalten Krieg zwischen Rußland und der Ukraine – d.h., eigentlich ist es ja ein heißer Krieg, denn Julia Timoschenko wütete derart gegen den Putin und gebrauchte Ausdrücke, wo man meinen konnte, man habe sich verhört.
„Ihm gehört ins Gesicht geschossen!" sagte sie, und enthüllte mit diesen Worten eine grausame

Ader, die einer Dame höchst zweifelhaft zu Gesichte steht.

In die Stille der Nacht hinein, hatte ich noch 2 x 45 Min. lang geübt, während nebenan, in der Garküche des Ashrams, unentwegt gearbeitet wurde. D.h. nein! Es lief sogar der Televisor, und Arbeit und Feierabendgenuss schienen sich dort ineinander zu verweben.

Zu Karokaffee und Äpfeln schaute ich die Lindenstraße:

Die Sarah hat einen neuen Lover: Ihren Vorgesetzten, der sie dreimal in Folge kräftig durchbumste, dieweil seine Frau verreist war.

Die Durchgebumste sah somit sehr zufrieden aus.

Hansemann, der am Abend zu Besuch gekommen war: „Du siehst gut aus!"

Doch das neue WG-Mitglied, die 12-jährige „Lara", die es bei ihren Eltern nicht mehr aushielt, plauderte den Frevel aus.

Hans: "Ich will nur nicht, daß Du in dein Unglück rennst!"

Sein lebensgegerbtes Gesicht in Großaufnahme.

Didldüdldidldüdl......

Mittwoch, 26. März

Zunächst kalt und hellgrau.
Dann Huulwetter.
Die Wolken bewegten sich rapide.
Und dann war´s irgendwie wieder frisch geworden

In der Nacht lärmte das Pröppilein laut, lang und barmend.
Die Ohren wurden von dem crescendierenden Geschrei aufgefaltet und angesogen, im Flur wurde ein Licht entzündet, und durch die Wand hindurch spürte man Julchens hilflose Bemühungen, dem nächtlichen Gelärme Einhalt zu gebieten.
Nur am Morgen hatte mich der Schlaf wieder eingefangen, und vom Leben hinweggefaltet.
Mein Zimmer mit meiner sterblichen Hülle im Bett wirkte einsam, grau & leer. Ming weckte mich flüchtig, und ich erfuhr, daß das Julchen seit Stunden mit dem Pröppilein beim Babyschwimmen sei.

Auf dem Tisch waren zwar bereits Bretter aufgelegt, doch uns waren die Marmeladen ausgegangen.

Ming war schon wieder tätig, und wirklich schad ist, daß man von Ming ja gar nichts mehr hat!

Das Julchen hatte ihm Hausaufgaben erteilt, und bereits die richtige Seite im Computer aufgeschlagen.

Mein Süßer stand da zwar zwiefach zu lesen, doch es schimmerte unmißverständlich die Botschaft durch, daß Ming zu arbeiten, und nichts als zu arbeiten habe.

Über das nächtliche Plärrkonzert meinte Ming gar, es sei „ärgerlich" gewesen, und der Ausdruck „ärgerlich" schwirrte mir durch den Kopf, dieweil er fürwahr starker Tobak ist. (Ein Passus wie aus dem Tagebuch eines Joachim Kaiser.)

Wir Geschwister frühstückten an der langen Baguettestange herum. Es gab noch etwas Himbeermarmelade und Honig, und die kleinen Puppenstubenbrötchen, die ich damit beschmierte, schmeckten einfach sagenhaft.

Man spürt zwar, daß Ming – mit einem Beine im Knast stehend – mit seinen Gedanken ganz woanders ist, und dennoch brachte ich jetzt ein fesselndes Thema aufs Tapet: Ich sprach über die gestrige Urteilsverkündung im Landgericht Aurich für den schnöden Bäckereiverkäuferinnenmord von Juist. Da ja der Angeklagte, wie gestern bereits berichtet, nur eine ganz klein wenig längere

Gefängnisstrafe erhielt als Uli Hoeneß, ist zu vermuten, daß der Richter gedacht haben *könnte:* „Mord im Vollsuff und in jähem Affekt – dies hätte auch *mir* passieren können!"
Schon stak Wirbelwind Ming wieder in seiner Arbeit, wenn er auch gesagt hatte, man müsse bald mal wieder einen Urlaub machen.
Ich selber fand den Dreh erstmal nicht – trank Tee, und nahm mein Büchlein für Onkel Dö zur Hand, um mich in längst vergangene Geschehnisse von vor 10 ½ Jahren zu schmiegen.
Als man schließlich die Haustür scheppern hörte, rief ich laut und begeistert wie ein Kleinkind: „Das Julchen kommt!" hieb mir aber symbolisch gleich auf den offenen Mund drauf, denn meist kehrt man doch mit einem schlummernden Pröppilein heim, das man möglichst im Schlummerzustand ins Bett legt, um endlich mal ein paar Runden Ruhe genießen zu dürfen.
Wieder verschanzte ich mich hinter meiner Violine, und als das Julchen mal auftauchte, fand ich so schöne und verbindende Worte. Etwas, was früher vielleicht nicht gegangen wäre, doch auf einmal geht's: Daß sie mir wegen dem nächtlichen Lärm so leid getan habe .

„Ja, ich hab mir auch leid getan!" lachte das Julchen leicht gequält, so doch verbindend von Frau zu Frau, da es ja so nicht weitergehen kann.
Ob ich kochen solle?
Ja, gerne – so wie gestern, dies sei ganz gut gewesen.
Und so radelte ich zum Bioladen, um grad wie gestern etwas gemischtes, Gehacktes aus der Biotruhe zu holen.
Der vergrößerte Laden hat eine leicht ratlose Ausstrahlung bekommen, so als wolle er sich selber fragen: „Ist daas das Leben, das ich führen wollte?" Und die vorwiegend greise Kundschaft verliert sich in den lang gewordenen Fluren.
An einer Stelle hatte man knickrig abgebröckelte Knäckebrotbröckel für die Kundschaft mit einer schmackhaften Paste bestrichen.
„Jetzt hab ich ganz vergessen was ich kaufen wollte!" rief zu Shopbeginn ein holsteinisches Naturell.
„Mutter hat Alzheimer!" leuchtete zu diesen eher belustigt dahingeworfenen Worten, in meinem Inneren ein Lebens-Ratgeber-Büchlein auf.
Bedient wird man in diesem Laden im neuen Gewande nur sehr zögerlich, doch immerhin ließen mich zwei Seniorinnen vor.

Wieder daheim sah man die Gretel auf dem Balkon beim Schuhewichsen – verschönt mit feinem Lippenstift für ihren Hartmut.
Ich kochte ein ähnliches Gericht wie gestern – allerdings mit Süßkartoffeln und Spiralnüdelchen.
„Die Nudeln sind ein bißchen wenig!" sagte Ming, und auch wenn´s in einem Beet aus Lob & Dankbarkeit nur so dahingesagt war, krallte sich mir das leicht Tadelnde, das diesen Worten anhaftete, augenblicklich in die Seele.

Nach dem Essen hieß es, man könne heut leider keinen Kaffee trinken gehen, denn die Programmhefte müßten heute noch gestaltet werden.
Ming erzählte, daß Buz keine Ahnung habe, wieviel Arbeit dahinter stüke!
Buz schreibt „Mozart, Beethoven, Rudi" auf ein Blatt, und meint, damit sei die Arbeit größtenteils erledigt.
Nun hatten bereits so viele Leute das Programmheft gegengelesen, doch das Julchen mag Rehlein das Programmheft nicht zuschicken, da sie es schon ahnt, daß Buz dann alles anders haben will.
(„Der Dimka wollte doch mit der Doreen!")

Unser Leben hat sich eingependelt, und die Tage gleichen einander.
Nach dem Mittagessen verlassen die jungen Leute das Haus, und um 15 Uhr 59 tönt auch für mich der Gong zu meinem umstrittenen Freigang auf.

Kaum ist der Hilfskellner Patrick S. aus Iserlohn unter Dach & Fach im Knast, da hat sich auch schon der nächste Mord ereignet:
Verübt vom 16-jährigen Lucas M., der auf einem Foto, mit Augenbalken leicht verunkenntlicht, übergewichtig und leicht windschief ausschaut. Sogar sein Elternhaus hatte man abgebildet: Ein hohes Backsteinhaus – an das Backesche Anwesen erinnernd, bloß daß sich davor ein freies Feld befindet, und es hieß, der pervers und sadistisch veranlagte Lucas habe sich ständig Erdrosselungs-Videos reingezogen. Und nun hatte er einfach die 18-jährige Lisa-Marie ermordet, die ihm bei den Hausaufgaben helfen sollte.
Zunächst herrschte Huulwetter, - nun aber war der Himmel wieder blankgewaschen.
In der ON las ich über den Sünder Patrick S.
Der Richter habe sich an die Angehörigen gewandt und gemeint, für ein Urteil wie es ihnen vorschwebe, seien ihm juristisch leider die Hände gebunden.

Und sogar unser Freund, Herr Trabert aus Emden, hat als Gutachter mitgewirkt.
Patrick S. wollte den armen Gedemütigten hervorkehren: Die Studentin habe ihn verlacht. Doch die Verwandten konnten sich dererlei nicht vorstellen.
Wieder hatte ich alte *Sterne* dabei, und als sich der gelbfrisurige Penner am Spielomaten verzupft und mit seinem Radl hinfortgeradelt war, wechselte ich den Platz, und setzte mich in eine gemütlichere Ecke.

Das Beätchen schickt nur noch dürrwortige Einzeiler mit der Forderung nach einem neuen Kapitel, und geht nie auf irgendetwas ein.
Bald wird das Beätchen ja leider über einen Passus stolpern müssen, der ihr überhaupt nicht schmecken wird: *das Jennylein wollte <u>unbedingt</u> einen reichen Mann heiraten.*
Äußerungen dieser Art schmecken dem Beätchen *überhaupt* nicht, und leicht sadistisch malte ich mir aus, wie ich hinzu tippe: *so daß anzunehmen ist, daß das Beätchen keine Ahnung hat, daß ich über viel mehr Hintergrundwissen verfüge, als ihr lieb sein dürfte."*
Jetzt, wo auch mein Groll gegen Birgit Böhme von der Zeit zerschmolzen wurde, richtet sich mein mobbeliger Zorneskegel einzig und allein auf das

Beätchen – zumal auch jener auf die Frauke & die Dame Gerswind mittlerweile erkaltet ist.
Daheim war´s kalt und feucht.
Schon wieder senkte sich der Abend nieder, und ich spielte mit dem Pröppilein im Musikzimmer. Eigentlich war das Pröppilein ja vergnügt und lustig, nun aber öffnete es den Mund schon bald weit zu wehklagendem Geschrei.

Die junge Familie aß schon ziemlich zeitig zu Abend. Ming suchte an einem Lätzchen für´s Pröppilein herum, und flog vor Eifer die Stiegen hinauf.
„Ming! Sei doch nicht so ungemütlich!" rief das Julchen.
„Aber du hast mich doch geschickt!" sagte Ming, der es doch allen immer nur recht machen möchte, fassungslos.

Bis weit nach Mitternacht arbeitete der emsige Ming an Buzens Grußrede zum Jubiläumsjahr.
Die Renate hatte sich auch eingebracht, indem sie alles, was Ming so formuliert hatte, durchgestrichen und in gelber Farbe in scheinbar schöneren und überschwenglicheren Worten nachgebessert hat. Doch der Text klang nun wie von einer Dame ersonnen.

Wieder fühlte ich mich beim Bettgang von Innen her seltsam fröstelnd an, und auch mein kleines Pony (eine Wärmflasche für Kleinkinder), mit dem ich mir nach einer Weile als Hexenschußprofylaxe den Sterz auspolsterte, konnte nur bedingt Abhilfe schaffen.

Donnerstag, 27. März

Wunderschön.
Allerdings nicht ganz warm. (Doch mir taugte es)

Am Morgen hatte ich meinen Wecker zwar überhört, so jedoch interessant geträumt: nämlich *daß ich mit Fraukes Genehmigung ihre sehr helle, relativ leere Wohnung in der „Neuen Straße" in Bremerhaven besuchte.*
Glitzerndes Sonnenlicht tänzelte auf hellem Ikea-Holz, und auf einer Werkbank stand ein großer Bildschirm.
Ich hatte der Frauke geschrieben, daß ich demnächst in Oese spiele, und nun zitterte eine Mail von der Frauke über den Bildschirm. (Dies träumte ich womöglich aus jenem Grund, weil auf Julchens PC gestern so groß das Grußwort Buzens zu lesen stand.)

In diesem Brief frug die Frauke sachlich, was sie wohl noch zu welcher Zeitung bringen solle? „Mehr kann ich nicht tun!" schrieb sie leicht stöhnend im Tonfall, und nun beeilte ich mich, einen Brief jenen Inhalts zu schreiben, daß ich das doch gar nicht von ihr verlangt hätte! Um Gottes Willen! Sie sei doch wohl nicht meine Bedienstete?!
Mein Brief wurde ziemlich lang und mußte ein bißchen gekürzt werden, zumal an einer Stelle die Schrift etwas klein geraten und die Zeilen etwas unübersichtlich ineinander zerflossen waren. ....als die Frauke selber plötzlich durch das Zimmer lief.
Jetzt aber herrschte Morgen.

Einmal rief Omi Birgit an um zu verkünden, daß sie eine freudige Meldung zu verkünden habe.
„Die kannst du mir auch verkünden!" sagte ich warm und gleichsam wunderfitzig wie einst der „curious George". (Ein kleiner Affe aus einer Kinderbuchserie, die ich in Japan immer verschlungen habe.)
Doch die Birgit wollte es nicht.
Fast zeitgleich rief auch das Julchen aus der Druckerei an. Doch das Julchen wiederum klang geschäftig und eher unverbindlich.
Die Birgit könne man bis 11:40 anrufen.

Beim Telefonat mit der Schwiemu wurde der süße Ming so froooh!! Er leuchtete auf und jubilierte.
„Tausend €!" hatte ich mich kurz verhört – und ein derartiges Jubilat?
Doch es waren ja immerhin 10 000 €. Ming wußte zu berichten, daß ein Reeder in Ostfriesland zu einer Steuernachzahlung von 300 000 € verdonnert worden war, und da das Gericht diese stattliche Summe nicht einfach behalten darf, bekommen die 26 Auricher Vereine jeweils 10 000 € geschenkt. Hurra!
(Der Rest kommt in die Kaffeekasse, oder aber in die „Kasse für die Armen".)

Pröppilein und ich schauten Mischa Maisky als Grieg-Sonaten Interpreten – begleitet von keiner Geringeren als Martha Argerich am Klavier, und einmal schaute Ming uns „über die Schulter".
Der Maisky mit seinen aschgrauen Locken schaute aus wie ein König in einem Märchenfilm, doch Ming ließ sich zu einer schmähenden Bemerkung über das eiernde Vibrato hinreißen.
Etwas, das ich nicht auf dem Maisky sitzen lassen wollte.
„Er vibriert wunderschön!" rief ich selbstsicher, und mußte während dieser Worte auch daran denken, wie Ming mir mal ganz entgeistert

auseinandersetzte, daß M. das Mendelssohn-Konzert toll gespielt habe.
„Ich glaube, du kannst das einfach nicht ertragen!" sagte Ming damals in humorfreiem Ernste, und schaute mich zu diesen Worten ganz entgeistert an, und erst als das Julchen meinte, das sei nun wirklich nichts Besonderes gewesen, da glaubte es Ming.
(Eine Episode aus meinem Leben, die unvergessen bleiben wird, und immer wieder emporkocht.)

Ich versuchte aufzuräumen, und redete dazu wie die Gilmore-Girls, und nach einer Weile redete ich dann im Stile eines Pixiebuches:
„Conny räumt auf".
Ich ordnete die Kärtchen vom Memory-Spiel, doch einmal trat das Pröppilein auf die Pralinenschachtelartige Schachtel, so daß alles wieder durcheinander purzelte.
„Es sieht aus wie bei Hempels unterm Sofa", sagt Mami. „Wir müssen aufräumen, bevor Omi kommt!"
Da zeigte sich auch schon das Julchen auf der Terrasse, und hatte es vermutlich mit angehört, wie komisch ich so rede?

Heute mußte ich nicht kochen, dieweil die jungen Leute nach Jever reisten um a) die Stadtkirche zu besichtigen und b) die Uromi zu besuchen.

Man brachte das Pröppilein zu einem vormittäglichen Umschlummer ins Bett, und ich war ja froh, mit dem Üben angehoben zu haben, da es ja unklug wäre, damit zuzuwarten bis die endlich weg sind.

Tatsächlich trug man das schlafende Pröppilein nach einer Weile so liebevoll ins Auto.

Pröppilein öffnete beim Transportvorgang zuweilen zwar schlaftrunken die Augen – mehr aber nicht, und ein bißchen fühlte es sich ja tatsächlich an wie bei einer Auswanderung nach Boston/Massachusetts: *Der kurze verschlafene Blick aus den Kinderaugen war der letzte Blick, den die Omi für die nächsten 20 Jahre zu sehen bekam.*

Das Julchen wunk noch so nett.

„Viele Grüße an die Ommoomi!" sagte ich leicht hilflos, denn was soll man sonst schon groß sagen, und dann war ich allein.

Nach einer Weile rief ich wegen der Plakate für das Konzert in Heikendorf Frau Münch an.

In diesem Telefonat gab´s einen ziemlich langen Vorlauf, bis ich zum Kern der Sache vorgedrungen war. Ob ich sie wohl grad bei ihrer wohlverdienten

Mittagsruhe stören würde? Nein. Wie es dem kleinen Hündchen „Enzo" ginge?

„Enzo ist Geschichte!" erfuhr ich zu meiner Bestürzung über jenen, von mir ergeigten Pudel, den ich somit nie kennenlernen würde.

Frau Münch mußte sich einfach eingestehen, daß sie zu alt und morsch für den ungestümen Junghund sei, auch wenn er vielleicht „ein Traum an Gelehrsamkeit" war.

Doch sie in ihrem gesegneten Alter kann es einfach nicht riskieren, sich irgendwelche Knochen zu brechen, und so wurde das Hunderl nach Art eines Adoptivkindes, das ja doch nicht so ganz paßt, zu seinen Eltern in die Zuchtstation zurückentsandt.

Ich fuhr in die Bibliothek.

Über die norddeutsche Wetterlage, die durch die Fenster so schön aussah, darf gesagt werden „die frische Sonn´", denn draussen wiederum war´s windig und kühl.

In der Bibliothek roch der Herr am Tresen (ein dicklicher junger Mann mit einem Schmuddelbärtchen, der sich nordisch scharmfrei zu geben pflegt, und wie ein Seehund ausschaut) schrecklich nach Schweiß, so daß einem seine adrette Nebensitzerin leid tun konnte. Brrr.

Hernach schlängelte ich mich am Landschaftsgebäude vorbei, und lugte sogar unverhohlen in die Fenster hinein – gespannt, ob man wohl jemand von den Feindesleuten sieht?
Auf einem Fensterbrett stand die Gipsbüste eines Herrn.

Abends erschreckte ich das Julchen leider. Ich hatte mich so leise ins Kabüff geschlichen, denn pröppibedingt hab ich mir angewöhnt, leise aufzutreten, und wenn ich jetzt eine saure und eifersüchtige Tante wie das böse Uschilein gewesen wäre, so hätt ich wahrscheinlich rumgewinselt: „Mal bin ich zu laut, mal bin ich zu leis!"
Aber ich entschuldigte mich zerknirscht.
„Nicht so schlimm!" sagte das Julchen, doch darüber hinaus mußte man konstatieren, daß es für mich als Gast im Kabüff überhaupt keine Verwendung gab, und so zog ich mich wieder zurück. Leise, fast unhörbar schien ich mich ins Nichts aufzulösen, doch in Wirklichkeit hatte ich mir das kleinformatige „Concerto-Magazin" mit Julia Fischer als Titeldame gegriffen, und las nun interessiert über dies erstaunliche Frauenzimmer nach: Die Julia sei immer froh, wenn sie eine Stunde üben kann. Für sie sei das so, daß sie

endlich mal Zeit für *sich* habe. So wie andere vielleicht Yoga machen, oder joggen gehen?

„Übt sie nur *eine* Stunde am Tag?" frug ich mich direkt leicht entgeistert, um beim Weiterlesen Folgendes zu erfahren: Sie könne nicht einfach so in den Tag hineinleben. Das habe sie noch nie gekonnt.

Schon früher sah ihr Tagesablauf folgendermaßen aus: Schule bis um 13 Uhr. Dann 3 Stunden Freizeit. Von 16 – 17 Uhr wurde Klavier geübt, 17:00 – 18:30 dann Violine, und 19:30 – 21:00 nochmals Violine, und noch heute sei es so, daß sie um 21 Uhr zu denken pflegt: „Jetzt ist´s schon 21 Uhr. Jetzt sollte ich langsam aufhören zu üben!"

Ich hatte Herzbeschwerden. D.h. mein Herz fühlte sich leicht bizzelnd und hinzu so an, als habe es Sodbrennen.

Unfroh stieg ich ins Bett, auch wenn´s mir bei der Fröstelei schwerfiel, den Arsch hierfür hochzubekommen.

Freitag, 28. März

Grau, so doch irgendwie angenehm „verhüllt"

Wieder wanderten meine Gedanken zum Beätchen nach Petaluma:
Hat sich am Morgen kein Brief angesaugt, was ja meist der Fall ist, so kann man die Hoffnung drauf für die nächsten Stunden erst einmal knicken, da bei denen nun Nacht herrscht.
Es fühlt sich ein bißchen an wie damals, als der Opa uns einst in Taiwan besuchte, und immer schlief, wenn wir wach waren.
Er war somit da & fern in einem, und mit dem Beätchen wiederum ist man ja praktisch nie gemeinsam wach.
Nach einer Weile frühstückten wir.
Ming hatte bei Thomas Baier moniert, daß das eine Brownie, daß er ihm abgekauft habe, alt gewesen sei.
Habe er sich kulant verhalten, oder sei er zickig geworden? wollte das Julchen wissen.
Nein! Anstandslos habe er Ming ein neues Brownie überreicht, das auch deutlich besser schmeckte. Hier hätte die erfreuliche kleine Begebenheit ein Ende finden können, und

dennoch wehte mich kurz die gerupfte Ausstrahlung eines „wie vor den Kopf gestoßenen" Thomas Baier an.

Und tatsächlich hat der in die Breite gebügelte Laden eine andere Ausstrahlung bekommen: Nämlich leider eine ratlose und fremde, und es scheint sogar direkt so, als blieben die Kunden weg, da ältere Leute Veränderungen nicht mehr schätzen. *Vielleicht hat sogar die Ehe der Baiers über diese ganzen Aufregungen hinweg einen Riss bekommen, so daß sich das porös gewordene eheliche Glück so anfühlen dürfte, wie einst jenes der Kutschkers, deren Vorgängern?* Und diese Gedanken wehten mich nun in die Vergangenheit zu den Kutschkers zurück, die man nie wiedergesehen, und die sich wie Wolken einfach aufgelöst haben. Einmal telefonierte die wattige Ehefrau Lisa in sehr höflichen Worten am Telefon. Dann legte sie auf, und sagte in gänzlich anderem Tonfalle zu mir: „Schwiegermutter. Muß auch mal sein!"

Na, dies macht ja wohl Lust drauf, eines Tages Schwiegermutter zu werden! (So dachte ich damals.)

Dann fiel ihr einmal etwas zu Boden und zerbrach, und ihr milder, beglatzter Ehemann „Herr Kutscher" sagte nichts. Aber dieses „nichts" wirkte so unerhört greifbar, und die Frau schaute auch

sehr töricht zu diesem beredten Nichts-Gesage aus.
[„Wieso. Ich hab doch nichts gesagt!"
„Ja – iss ja gut!"]
(Worte die nicht gefallen sind, und die man dennoch genauestens hören konnte.)

Und schon wieder tönte das Telefon auf.
Das wäre ja schön gewesen, wenn es früher auch so oft aufgetönt hätte, als wir noch auf Konzerte hofften. Doch damals schwieg es grad so, wie das Telefon von Frau Dieudonné, und jetzt, wo alle nur noch etwas wünschen, scheint es keine Ruhe mehr geben zu wollen.
Eine Frau wünschte eine Spendenbescheinigung und Ming sollte sie direkt an ihren Steuerberater schicken. Ming wurde somit zu einem Lakaien erklärt, der die Büroarbeit einer Dame übernehmen soll.
In diese Überlegung hinein, tönte das Telefon erneut.
„Frau Schoo die Zweite!" stöhnte das Julchen, doch diesmal war´s Frau Linke, und der 50€ Schein, den man für Pröppileins feinste Biokost so gut hätte gebrauchen können, und den ich für heute schon so sicher in Händen wähnte, zerfiel einfach zu Staub, dieweil es Frau Linke nicht gut

war. Sie fühlte sich schlicht zu müd für die lange Autofahrt, und klang durch´s Telefon hinzu etwas anämisch und bleich.

Ich fühlte mich solcherart traurig, als müsse ich mir eingestehen, daß mein Goldesel im Stall nun alt würde. Er lässt den Kopf hängen und frisst nicht mehr so richtig. Bang einigten wir uns auf Dienstag, wo ich vielleicht hinfahre.

Dann kehrte ich zur Frühstückstafel zurück, und erzählte Ming vom Besuch bei Ute M.:

Die Ute sei grad beim Essen gewesen, berichtete ich plastisch, da es nämlich ein Hobby von ihr ist, sich kleine Mahlzeiten zuzubereiten, wenn „ihre drei Männer" aus dem Hause sind. Wenn es an der Türe klingelt, so ist sie normalerweise soeben im Begriff in ein frisch zubereitetes, großformatiges Hochglanznutellabrot hineinzubeißen – so auch diesmal, als ich völlig überraschend zu Besuch kam.

Die Ute kann man sehr gut überraschen, da sie ja aus Dresden kommt. Die Dresdner sagen freundlich: „Hereinspaziert!", und bei den Schwaben sei dies ganz und gar undenkbar. Überrascht man einen Schwaben, so bleibt er raumfordernd in der Türe stehen, und überzieht sein Gesicht mit einem „erstaunten" Ausdruck: „Waren wir verabredet? Ich wüsste nicht…"

Utes Mann Martin sei meist im Hobbykeller, und wenn er denn mal aufleuchtet, so scheint die Sonne aufzugehen. Hindess nur kurz, da es ein stringenter Typus ist, den es weiterzieht.

An ihren beiden Söhnen, dem zwölfjährigen Julian, und dem 9-jährigen Nathan, hat Ute M. viel Freude. Traurig in ihrem Leben sei lediglich, daß der Vater gestorben ist. Doch das Beklagenswerte berge wiederum auch einen erfreulichen Kern, da bei ihm Alzheimer im Frühstadium diagnostiziert worden war, und man den prognostizierten geistigen Zerfall somit nicht mehr miterleben muß.

Bei meiner Ankunft lagen auf dem Tisch die Fotos für all jene, die der Familie in diesen düstren Stunden mit tröstenden Worten, Blumen, oder einer stillen Umarmung Halt geschenkt hatten.

Nach einer Weile mußte ich mich wieder ums Pröppilein kümmern, und setzte es wie stets auf meine Knie, und mich selber ergeben hinter den Computer, und als das Suppenhühnchen Frau M. mal zu Besuch kam, sang grad die Michelle ganz kiebig klingende Schlager, und in ihrem Nacken loderten Fackeln auf, um den Eventgenuss zu verstärken. Will heißen: Die Michelle setzte sich auf Kirschneroth-Art einfach ins gemachte Nest,

entfaltete ihr bißchen Können, und versuchte damit Millionen zu scheffeln!
Nun begrüßte auch ich mich mit Frau M., die so alt geworden ist.

Auf unserem Spendenkonto waren 100€ von Frau Schmidt eingegangen. Irgendjemand habe bei Jugend Musiziert 25 Punkte bekommen und wurde zum Landeswettbewerb weitergeleitet, wie in der Zeitung vermeldet worden war.
Und bei diesem Jemand handelte es sich um Frau Schmidts Enkelin!

Am Einkaufswagenpavillion vom Combi-Markt begegnete ich Frau Saathoff, die in der Zwischenzeit noch runzeliger geworden ist. So, als habe man sie ungefaltet in einen Koffer gelegt, und erst nach sechs Wochen wieder ausgepackt.
Ein paar Entgegenradelnde beklingelten uns multipel und schroff, dieweil wir im Wege standen, und Frau Saathoff schwärmte mir von Beethovens Tripelkonzert vor, das ihr von ihrem Sohn aufgenommen worden war. Besonders die Geigerin geriet in Beschuss von Frau Saathoffs Entzückensausrüfen. „Das sind ja viele Saiten – und wie man seine Finger drüberbiegt, und dann auch noch mit dem Bogen drüberstreicht!" Das ist

für Frau Saathoff schlicht unvorstellbar. Anders natürlich mit dem Klavier, „denn damit kenne ich mich ja etwas aus". Das Tripelkonzert würde nur selten gespielt.
„So selten ja wohl wiederum auch nicht! Sogar in Aurich wurde es mal aufgeführt. *Wir* haben es doch auch einmal gespielt!" erinnerte ich.
„Aber nicht sooo!" sagte Frau Saathoff schnell. Nur in einer gekürzten Fassung, denn im Original daure es ja 45 Minuten!
„Doch!"
Der Peter habe wohl damals die Pauke im Orchester bedient, und ich hätte zwar Geige gespielt – „aber es war ja ohne Cello!" glaubte Frau Saathoff sich zu erinnern.

Man las, daß Helmut Schmidt hinter dem Dunst seiner Cigarette so allmählich den Durchblick verlöre, indem er z.B. sagte, daß er es durchaus verstünd´, daß der Putin spitz auf die Krim sei.
Dann las ich noch über „Vampire" bzw. sog. „Untote" in Rumänien, die einem die ganzen Freunde & Verwandte mit ins Grab ziehen, wenn man nicht aufpasst.

Abends war das Julchen ein bißchen gestresst:

Man wollte doch die „Heute-Show" anschauen, auf die man sich die ganze Woche über freut, doch nach dem Stillen durfte sich das Julchen nicht entfernen, da sonst das Geschrei losgehen würde.

Nach 23 Uhr entfernte Ming sich nochmals mit dem Pröppilein in die Nacht hinaus.
Ich räumte die Küche so schön auf, wie ich überhaupt nur konnte, stellte mir dazu allerdings das beklemmende Szenarium vor, wie's wäre, wenn Ming & Pröppilein nicht wiederkehren würden? Der Anblick soeben wäre der letzte gewesen? Julchen & ich würden ratlos zurückbleiben.
Nicht genug damit, daß ich die Küche wieder so schön gemacht hab – ich hängte auch noch die Wäsche auf.

Samstag, 29. März

Wunderschöner Sonnenschein,
so daß wir zwiefach draußen essen konnten

Beschämend spät wurde ich am Morgen von Ming und Pröppilein geweckt.
Frühstücken konnten wir heut im Garten, und nach Art von Matthias K. setzte ich mich ins gemachte Nest, wie ich nun launig verkündete, auf daß sich diese Äußerung im Unterbewusstsein unserer Nachbarinnen, Gretel und Frau Oettken, festsetzen möge.
Doch plötzlich mußte man ums Pröppi bangen.
Zwar hatte man ja mit Hilfe der Mülltonnen eine vermeintlich kindersichere Barriere erbaut, doch stand die blaue Tonne gestern nicht zur Leerung auf der anderen Straßenseite? Wiederum wurde ich von einem Szenarium, an das ich überhaupt nicht denken *wollte*, regelrecht überfallen: *Pröppilein stürmt auf die Straße, und ein herbeibrausendes Auto kann grad eben noch anhalten. Die Frau am Steuer denkt: „Hab ich mir nicht seit Jahrzehnten vergeblich ein Kind gewünscht?" und „Leute, die ihr Kind einfach so auf die Straße stürmen lassen, haben ihre Elternrechte m. E. verwirkt!"*
Sie fängt das Pröppilein ein, und fährt mit ihm nach Bonn, dieweil es sich nämlich durch großen Zufall um unsere böse Extante Ursula handelt. Und niemand der Anwohner will etwas bemerkt haben.
Auf diese Weise hören wir natürlich nie wieder etwas vom Pröppilein, aber der Anblick „Pröppi auf dem Frühlingsrasen" hat sich uns eingeprägt, und läßt sich in

unserem Inneren auch nach Jahrzehnten durchaus noch einschalten. Ich hole das Tagebuch aus dem Jahre 1995 herbei, da dort ein Foto von der kleinen Daaje klebt:
Daaje am 20. März 1995, mit einem Jahr und 3 Tagen.
Ich zeigte dem Julchen das Foto, damit das Julchen mal sieht, wie ein Kleinkind ohne Locken ausschaut.
„Die Daaje sieht auf diesem Foto ausgesprochen töricht aus", sagte ich, weil mir der Ausdruck „töricht" so gefällt, und weil's auch so war, und daß die kleine Daaje ein so außerordentlich humorvolles kleines Kind war, dem man beständig mit dem Notizbuch hinterher eilen mußte, weil sie so viel lustiges gesagt hat, läßt sich anhand dieses Fotos kaum glauben.

Später saß das Pröppilein wieder auf meinen Knien, und der Vormittag schmolz mir unter den Arschbacken hinweg.
„Das Leben ist besser denn je!" sagte ich zum Julchen, das neben mir emsig am Computer arbeitete. „Mit gutem Gewissen Unsinn anschauen!" Jetzt z.B. schauten wir einen Kikaninchen-Weihnachtsspot.

„Das ist der schönste Tannenbaum den ich je gesehen habe!" sagte der „Christian", der pummelige Kikaninchen-Moderator, der immer gute Laune verbreitet, - und dabei bestand dieser Tannenbaum doch bloß aus drei übereinandergeschichteten Dreiecken.
Der Christian hängte eine bunte Weihnachtskugel dran, und davon schaute er noch schöner aus.
„Die machen es richtig! Feiern Weihnachten mitten im Wald!" sagte ich kumpelig zum arbeitenden Julchen, und gestern wiederum ging es in einem Kikaninchenfilm darum, daß das Kikaninchen eine Einladung zu einem Picknick im Briefkasten vorfand.
Heut fand ich überhaupt nicht ins Gewand der Tüchtigkeit.
Bis um 13 Uhr mußte jedoch das bestellte Brot abgeholt werden, und ob ich kochen solle?
Ja gerne!
Also begab ich mich erstmal in den Bioladen.
Ich dachte über Beätchens Sekundengeiz nach, und wie die letzten Passagen in meinem Kapitel beim Beätchen wohl angekommen sein mögen?
Ihren Sekundengeiz hat sich das Beätchen ebenso wenig bewusst gemacht, wie einst der kleine Matthias seine Unart, immer nur einseitig barsch klingende Werke zu komponieren.

Sie praktiziert den Sekundengeiz einfach, weil der Grundsatz „Was sich da alles an veruntreuten Sekündchen, oder Cent-Stückchen zusammenläppert" so tief in ihr verankert ist, daß jede einzelne Zelle mit dieser Erkenntnis durchtränkt zu sein scheint.

Doch nun bewegte ich mich gemütlich durch den Bioladen, über den ich später bei Tisch noch psychologisieren sollte: Daß die Aura dort in den letzten Tagen wieder etwas besser geworden sei. Das hauseigene Ehepaar sei allerdings aushäusig gewesen, so daß die Engelchen unter sich waren.

Durch die Reihen lief ein Pirat: Ein Herr mit einer Augenklappe.

Und dann brach ein Holzstück am Verkaufstresen einfach ab, weil es schlecht angeleimt war, und dabei gehört es doch eigentlich zum Kundenservice, daß die Kunden beim Kaufvorgang mit einem Knie verlegenheitsabpuffernd auf diesem Brett knien dürfen.

Später setzte ich den Großeinkauf beim Combi fort.

In den Reihen beggnete ich der Bianca aus dem „Dolce Vita". „Schönes Einkaufen!" wünschte ich ihr nach ein paar Banalitäten noch sonnig.

„Was kann beim Einkaufen schon schön sein?" brummte ein friesischer Senior neben mir auf brummig-belustigte Weise. Er sei immer froh, wenn er endlich wieder zuhause ist.

Und dieser Herr frug mich später am Zeitschriftenberg oder der Zeitschriftenwoge (?) ob ich wohl wisse, wo sich das Magazin „Ratgeber für Frau & Familie" befände?

Auf hessisch-hilfswütige Weise räkelten sich all meine Sinne diesem Magazin entgegen, das sich allerdings leider nicht finden ließ. Sogar eine Bedienstete half vergebens mit.

Ausgerechnet dieses Magazin, von dem es hieß, daß die Frau des Einkäufers nur dies eine wünsche, gab es nicht.

Für die Gretel müßte doch auch ein Magazin entwickelt werden, dachte ich.

„Ratgeber zur Erhaltung der Partnerschaft"

In der BUNTEN las ich über „die Neue" an Putins Seite: Alina Kabajewa, eine Dame in Julchens Alter, die zur Zarengattin emporgestiegen ist, und über die ich mich daheim schlau machte. Ähnelnd Frau Kempowski hat sie es in jungen Jahren als Turnerin zu Ruhm und Ehren gebracht. Man sah sie bei Youtube bei ihrer Ball-Übung anlässlich der olympischen Spiele 2004, und Ende 2009 schenkte sie dem Putin ein Söhnchen namens „Dimitri".

Daheim kochte ich los: Eine Gemüsepfanne aus Gemüseresten, wurde sogar vor 14 Uhr fertig, und mit dieser schönen Speise ließ sich doch ein wunderschönes Picknick im Grünen abhalten.

Pröppilein, mit einer kleinen Haarspange wie ein Fräulein aussehend, freute sich am Zauber des Frühlings im Garten. Einmal schien das kleine Kind kurz verschwunden, dann aber leuchtete es hinter einem Baum wieder auf, und später freute es sich über das Rad der Schubkarre, die erschöpft an einem Baum zu lehnen schien.

Dann amüsierte sich das Pröppilein so süß über einen langgezogenen Flatterzungenfurz, den ich mit meinen Lippen vorführte, und die Erheiterung steigerte sich gar mit der Länge des Furzes, der einem welken Seniorenpo hätte entstammen können.

Am Vorabend:

Julchen rüstete zum Inline-Skaten, während Ming mit der Kleinen zu Omi & Opi strebte.

Der kleine Katzen-Koffer war verschwunden, und da ich selber zu faul zum Suchen war, tat dies die lustige Max-Rostal-Kasperlepuppe auf meiner Hand für mich.

Bald darauf fand die Kasperlepuppe den kleinen Koffer, und um das Pröppilein zu erheitern tat ich nun so, als sei´s ein fliegender Koffer, und ließ das kleine Kasperle ständig ganz hoch in der Höh´ damit herumfliegen.

„Hallo?!?" krächzte ich. „Ich heiße Max Rostal und bin der Erfinder der Urbewegungen!"

Vom süßesten Rehlein war eine Postkarte aus der Türkei gekommen. Allerdings an die Familie „Müller-König", so daß ich gar nicht wußte, ob ich mich da mit einbeziehen durfte.

Das Julchen hat für das Pröppilein ein Buch gekauft, das mit einer zierenden Schleife zugebunden wird: „Mein erstes Jahr" steht darauf, und die ersten Eintragungen hatte das Julchen bereits liebevollst, und so, wie es nur eine Mutter kann, getätigt.

Eine dauerentrüstete Emanze wäre über folgende Vordrucke in diesem Buch jedoch wohl kaum erbaut?

*Diese Filme schaute Papa gern*_____
Diese   Serie   mochte   Mama   nie   verpassen
_____

Allzu bald schon setzte der Abend ein.

Das Pröppilein saß auf meinen Knien und schaute fern. Es schaute nur nach vorn, und wenn ich es zart in die Halsbeuge busselte, so schob es mich unwirsch beiseite und schien dabei nicht einmal die eigene Unwirsche zu bemerken, so absorbiert war es.

Julchen hatte kleine Brotquadrätchen gerichtet, und wie bei einem kleinen Vöglein konnte man die dem kleinen Pröppilein einfach so in den Mund stopfen.

Ich dachte über die kleine Miette nach, die mit so vielen Gaben überschüttet worden war, daß die Götter neidisch werden – so könnte man meinen. Doch es sind nicht die Götter. Auf *Erden* finden sich die üblen Gegenströmungen.

Es fängt schon mit der Klavierlehrerin an. Wenn sie ehrlich wäre, so müßte sie den Eltern bereits nach der ersten Klavierstunde sagen: „Ihre Tochter ist ein Genie! Ich kann ihr nichts mehr beibringen. Schicken Sie sie nach Peking in die Talenteschmiede!" *Doch die Lehrerin bringt die so wichtigen Worte einfach nicht über die Lippen, und mit unausgesprochenen Worten ist's ja tatsächlich ein bißchen so, wie mit einem ungelegten Ei: Sie vertrocknen und verformen sich, und statt sie anzubringen, sieht die böse Klavierlehrerin nun eine Mission darin, die Miette davor zu bewahren „sich als etwas Besseres zu fühlen", und bringt ihr alles falsch bei, bloß, daß gesagt werden darf: „Na, schaut her!"*

Ming kehrte mit der Kleinen zurück, und es hieß, um diese Zeit träfe man im Supermarkt nur noch auf zwielichte Gestalten. Ein Punk-Pärchen interessierte sich jedoch sehr für´s Yaralein.
„Warum hast Duuu eigentlich noch nichts derartiges zustande gebracht?" frug ein Punkfräulein ihren Lover spitz und verwundert.

Ming erzählte mir feierlich, daß es erst ein paar Monate her sei, daß er das kleine Yaralein zum ersten Male diese Treppe hinaufgetragen habe.
Selbst in der Erzählung fühlte es sich so feierlich an, und mir stieg der zarte Duft des neugeborenen Babys in die Nase.
Oben sei noch die Weihnachtsbeleuchtung gehangen, als man das Pröppilein erstmals die Stiegen hinaufgetragen hatte.

Sonntag, 30. März

Zwar sonnig, doch ein leichter Schwadenschimmer
war ja doch dabei.
Dennoch darf gesagt werden:
der Frühling ist ausgebrochen!

Hurra! Es klappte mit dem Früherhöbnis.
Ich rannte auch gleich los, und fand´s angenehm.
Im Osten vom Wäldchen drängte sich die pralle Sonne in den Tag, um mich mit ihrer wärmenden Glut zu umarmen, und mir kam´s vor, als würden sogar für die Armen in den Plattenbau-Siedlungen die Karten neu gemischt.
Im Morgengrauen wär ich dann schon gerne wieder tüchtig geworden, doch ich blieb an einem 37 C° Fall kleben, der mich sehr bannte: Dem Doppelmord von Babenhausen. Sonst nur am Rande wahrgenommen, rückte dieser tragische Kriminalfall plötzlich in den Fokus meiner Interessen und Empathien.
Die 36-jährige Anja, eine ganz brave, blonde und bebrillte Ehefrau kämpft um ihren geliebten Ehemann Andreas, der im Knast sitzt: Lebenslänglich, mit besonderer Schwere der Schuld!
Denn als Frau und Kinder mal nicht daheim waren, wurden die Nachbarn mitten in der Nacht totgeschossen. Fast wäre sogar ein Tripelmord daraus geworden, doch die 37-jährige geistig behinderte Tochter wurde „nur" *an*geschossen, und hat sich in der Zwischenzeit wieder erholt.
Es hieß, die Familie habe immer so entsetzlich laut Musik gehört, daß es einfach nicht zu ertragen war.

Familienoberhaupt Andreas lernten wir Zuschauer nun zur Besuchszeit im Gefängnis kennen.

Er lächelte strahlend, und erinnerte in seiner Funktion als liebevolles Familienoberhaupt direkt an den Martin von Ute M., so daß ich mir den Martin gleich im Gefängnis dachte, wo er zur Entgeisterung der Verwandtschaft einer solch entlegenen Untat verdächtigt wird.

Die Anja kennt ihren Andreas ja ziemlich gut – doch die Justizhörigen lächeln bei Worten dieser Art arrogäntlich Hohn, da in ihren Sinnen das Wort der Justizia ja Gewicht hat, so wie jenes der Ostfriesischen Landschaft! „Sie kennt ihn *überhaupt* nicht, das Blödchen!" denkt man hocharrogant.

Zuerst bildete sich eine Bürgerinitiative aus lauter ganz lieben Leuten, die das vermeintliche Unrecht – arroganz- und justizbestempelt - so nicht stehen lassen möchte. Viele unterschrieben den Aufruf nach einem Wiederaufnahmeverfahren, doch die Mühe hätte man sich auch schenken können, denn die kuhäugige, dümmliche Justiz schaute nur mit einem leeren „Muh" darauf, und befand auf eine fast schweizerisch anmutende Art und Weise, daß kein Formfehler im Verfahren zu beklagen sei.

Die Anja rannte mehrere Marathons zur Wachrüttelung der Bevölkerung, und nun schöpfte sie wieder etwas Hoffnung durch den Anwalt

Strate, der ja ein Spezialist für Wiederaufnahmeverfahren sein soll, und reiste zu diesem Zwecke extra nach Hamburg.
Doch anwaltsgemäß, dämpfte der Anwalt die Hoffnung: „Ich bin nach der Lektüre nicht restlos von der Unschuld Ihres Mannes überzeugt – verzeihen Sie, daß ich das so sage - ..." Aber er sei überzeugt, daß er so nicht verurteilt werden durfte.

Am Vormittag hörte ich die Gretel telefonieren, und später setzte sie sich verdrossen und absorbiert an ihr Gartentischchen.
Pröppilein trug heut so ein süßes Kleidchen über den Meeresungeheuer-Leggins, und packte einen so gern an die Nas. Dann schleicht sich so ein verbindendes Lächeln auf das liebe Kindergesicht.
Auch heute durfte man den Tisch auf der Terrasse aufbauen.

Später rief der treue Ming noch unseren Vetter Friefuß an.
Wir erfuhren, daß im Juni seine Tochter Maika mit Freund aus Amerika zu Besuch käme.
Friedels treulose Exe Leslie hatte letzte Woche Geburtstag, doch die Maika wußte nicht einmal, wie alt ihre Mutti geworden ist.

Mutti Leslie hat hinzu einen neuen Lover, denn der Brad verabschiedete sich vor einem Jahr.
„Er hatte genug!"
Der Friedel lächelte dünn, und doch befriedigt durch den Hörer.

Nur hi und da spannte ich einen Üb-Flicken quer über den Tag.
Ich hatte so gehofft, die junge Familie würde heut mal in den Zoo verreisen, doch stattdessen wurde sogar geputzt! Der emsige Ming polierte die Fenster mit den vielen Fingerabdrücken, und Mittags aß man nur ein wenig Müsli.
Das Julchen klappte den Sandkasten auf, und agierte wendig mit der Gießkanne.
Da schellte es an der Türe: Draußen stand ein fröhliches Pärchen mit einem Baby-Buggi : Tatjana und Aram mit der kleinen Klara. Ein ganz kleines Baby, das später im Sandkasten saß.
Ich kochte Tee, doch dann retirierte ich mich auch wieder zum Üben, und stellte mir dabei vor, ich sei Julia Fischer.
Auf der Agenda ihrer Mutti steht, daß jetzt eine Mozart-Sonate in A-Dur zu erlernen sei, und als ich nach einer Weile wieder auf die Terrasse lugte, hatte es sich die kleine Picknickgesellschaft auf dem Rasen gemütlich gemacht.

Die kleine Besuchsschwemme hatte das Pröppilein total verwandelt. Pröppi war ein ganz anderer Mensch geworden: Fast so etwas wie eine rustikale, reife Frau.

Man sprach über´s Impfen, und vorallem der sympathische Aram schien sehr froh, daß man sich zu diesem, in seinen Augen wohl unumgänglichen Schritt entschlossen hatte.

„Und sie hat es letztendlich gut vertragen!" sagte er zufrieden.

„..unsere ist nämlich nicht geimpft!" sagte Ming fast stolz, doch diese Aussage verblubberte irgendwie, und die Tatjana wühlte auch an einer Geschichte herum, die sie beim Erzählen plötzlich nicht mehr so ganz zusammenbekam, und die auch nicht besonders überzeugend klang: Von einem Kind, das genau einen Tag vor der geplanten Impfung überraschend starb! Die Impfung kam somit um einen Tag zu spät, wie man sich nun in Friesenlogik einig schien.

In der Zeitung wurde ein Empörikum ausgeschlachtet:
Ein Herr aus Afghanistan, der einfach seine schwangere Freundin ermordet hat, bekam aus religiösen Gründen einen Strafrabatt.

An anderer Stelle des Blattes wurden vier Damen vorgestellt, die ein ungebrauchtes Hochzeitskleid verkauften. Eine von denen bekam mit 21 Jahren die Panik vor einem Ehe- und Familienleben, und sagte die Hochzeit kurzerhand wieder ab.
Ferner las man, daß der 76-jährige Lothar "Loddar" Späth von seiner gleichaltrigen Ehefrau verlassen wurde.

Daheim hatten sich die jungen Leute ein Spaghetti-Essen zubereitet, und aßen für mein Empfinden viel zu früh zu abend.
Pröppilein hatte gelernt sich zu verbeugen, lachte und applaudierte, und sah so goldig aus zu diesem Spaß.
Es schaute aus wie ein Vögelchen beim Picken.

Ich holte etwas weißes Papier herbei, und der Leser wird's womöglich ahnen: Ich hatte die „7" ausgelost: Briefeschreiben.
Nun schrieb ich auf edelstem Büttenpapier am Eßtisch einen Brief.
Ming war sehr gerührt, daß ich mich in eine derart historische Tätigkeit versenke, und brachte mir ein liebes Küßchen.

Es fühlte sich an, als sei´s schon tief in der Nacht. Doch in Wirklichkeit war´s noch überhaupt nicht spät. Rehlein hatte einen Türkeireport geschickt, der leider mit einem Alptraum begann, so daß wir Lesenden zunächst ganz bestürzt waren. Am ersten Abend schien es Rehlein so, als würde Buz im Nebenzimmer auf unterdrückte Weise um sein Leben röcheln, doch dabei ging es Buzen am nächsten Tag so gut!
Die Katharina hatte geschrieben. Dürrwortig stand zu lesen: „*Ich habe 4 2 Kilo abgenommen* – und bloß, weil die Katharina nicht wußte, wie man ein Komma tippt, las man „42 Kilo", und konnte es kurz kaum fassen.
Na, wenn´s denn man so wäre!

Montag, 31. März

Erhoben um 6.45

Zunächst vernebelt.
Dann blieb etwas Zurückhaltendes haften, doch allgemein freut man sich ja auf das „Hoch Linus",
das morgen beginnen soll

Heute präsentierte sich mir als Joggender ein völlig anderes Wetter als gestern: Nebelumhülltes Morgengrauen, und montagsgemäß ging es wimmeliger zu als sonst. Neben der Littfaßsäule fuhr ein Lieferwagen und saugte jemanden auf, der fortan nie wiedergesehen wurde.

Fröstelnde Radler – bekleidet wie Sibirjaken – fuhren freudlos einem Tag entgegen, in den man erfahrungsbedingt keine großen Erwartungen mehr hineinsetzt, und manchmal sah man nur das gleißende Radlicht, und bemerkte erst in letzter Sekunde wer einem da entgegenradelte. Z.B. ein stringenter Schüler, der sehr mit der Pünktlichkeit kämpfen mußte. Viele Bäume ächzten unter Spechtgeklapper, und an der Fabrik wimmelten ganze Trauben an Schülern.

Dann war ich wieder daheim.

Eigentlich war es sehr fröstelig, so daß man sich am liebsten einfach hinter eine heiße Tasse Karokaffee klemmen würde, um zu vergessen.

Im Wohnzimmer allerdings war es wiederum heizungsschwül.

Ich bildete mir ein, den Tag erstmal mit einem kleinen 37C° Film einleiten zu sollen.

Heute schaute ich einen Film über drei werdende Väter, doch als sich das Julchen im Morgenrock näherte, schaltete ich schnell ab und tat so, als betriebe ich etwas Dienstliches.

Nach einer Weile bereitete ich ein kleines Frühstück zu: vier Aufbackbrötchen für uns.

Beim Frühstück freuten wir uns so sehr am süßesten Pröppilein:

„Hol mir mal die Geige!" sagt man über die Karten, wo allerlei draufgemalt ist, und „den Löwen".

„Den Gack!" rief jemand, da Vögel bei uns plötzlich „Gack" heißen.

Über die „Bescherung" auf dem Autofenster sagt man nicht mehr nach Art eines normalen Menschen: „Da hat ein Vogel hingeschissen!" sondern: „Da hat der Gackgack Kacka gemacht!" was ja auch wirklich viel netter klingt.

Und das Pröppilein fand all die geforderten Karten sofort, und strahlte vor Freude, Vergnügen und Stolz.

„Verbeugen!" rief das Julchen begeistert, und das Pröppilein verbeugte sich, und sahnte frenetischen Applaus ab.

Ming spöttelte darüber, was in der Gebrauchsanweisung für das 15-Monate alte Kind wohl so zu lesen steht?

„Ihr Kind kann bereits drei Dinge erkennen."

„Mama, Papa und Fisch – oder was?" hohnlächelte Ming mit leicht vibrierendem Haupt.

Mir aber gefiel der Gedanke, daß sich immer genauestens nachschlagen ließe, auf welcher Entwicklungsstufe man sich soeben wohl befindet, und ob man sich wohl normal entwickele?

„Der Mann mit 49 Jahren und 9 Monaten?"

Ob dies für die Mitarbeiter dieser Plattform nicht äußerst befriedigend sein dürfte, ein genaues Profil zu erstellen, auf welchem Entwicklungsstand man sich in diesem Alter wohl zu befinden habe?

„So allmählich werden Sie feststellen, daß er nicht immer hinhört, wenn Sie ihn um etwas bitten. Doch dies ist normal."

„Und die Frau mit 31 Jahren und 2 Monaten?" frug ich, und die „zwei Monate" nahmen sich lustig aus.

„Bin ich das?" frug das Julchen.

Wieder bewegten wir uns zum Frühstückstische hin.

Das Pröppilein saß manchmal unter dem Tisch und lachte so gnitz.

„Ein ostfriesisches Kleinkind würde jetzt einfach aufstehen und sich den Kopf einschlagen!" behauptete ich fast dreist und hinzu leicht populistisch.

Ming schilderte uns, wie er einen Herrn vom Verdi-Quartett kennengelernt habe.
„Und jetzt gib mir mal die Hand!" ordnete Ming an, auf daß ich das Befremdliche eigenäugig bemerke, und kopfbeschüttele wie in einem schlechten Roman:
„Der Kika fällt das gar nicht auf!" bemerkte Ming, doch mir war es ja wohl aufgefallen. Das Hosentürl!
„Ihr Hobbyraum steht offen!"
und das Julchen amüsierte sich über den Begriff „Hobbyraum".

Nach dem Frühstück pflege ich zu denken: „Jetzt müssen wir dringend noch etwas mit dem Rest unseres Lebens anfangen – bloß was?" Und dies denke ich, so ich, seit über 40 Jahren.
Ich erfuhr, daß das Julchen sich heut noch bewerben müsse: Für den Joachim-Wettbewerb in Hannover! Allerdings natürlich bloß für die Organisation.
Jurieren findet das Julchen gar nicht so interessant, und ich stellte mir vor, wie es wohl wäre, die Wettbewerbe von Schöffen beurteilen zu lassen: Leuten, die mit der Violine eigentlich nicht viel im Sinn haben, und somit einfach ihr gesundes

Menschen- und Musikempfinden sprechen lassen könnten?

Am Vormittag hatte ein Radiosprecher, ohne es bös zu meinen, Despektierliches über das Beste gesagt, das Beethoven je geschrieben hat: Die frühen Streichtrios.

„Beethoven hat nie Besseres geschrieben!" möchte jemand wie ich dazwischenrufen.

Das Zimmermann-Trio auf drei Stradivaris habe die Werke sagenhaft interpretiert, und mit seiner Genialität den Kompositionen über so manch eine Schwachstelle hinweggeholfen, *denn: seien wir ehrlich: mit dem mittleren oder gar reifen Beethoven können die Werke nicht konkurrieren!* – und zu diesen höchst befremdlichen Worten ließ der Moderator eine *scheinbar* simple Melodie auftönen – nämlich jene, die auch der Loriot für seine „Trioprobe" verwendet hat: Voller Schalk und köstlichem Witz, – doch dem dummen Manne schien dies verborgen geblieben, da ihm der Sensor für dererlei einfach abgeht, so daß er nur Unreife und Simplizität herauszuhören vermochte.

Die torhaften Worte des Moderatoren erinnerten mich an Frau Oles, die ich jetzt mit hohnverdrehten Lippen parodierte: „….einen Quantensprung in der Qualität, der nicht weggeleugnet werden kann!"

Worte, die die dumme Frau Oles einmal über die Gezeitenkonzerte abließ – unpassend bis zum geht-nicht-mehr.

Man startete ein paar Anläufe, das Pröppilein zu einem Vormittagsschlummer ins Bett zu stopfen, und jedes Mal wenn das Julchen mit dem Buzzewackele im Arm an der Schiebetür vorbei kam, lachte mich das süße kleine Kind so verbindend an, als seien wir mittlerweile dicke Freunde. Dann darf es sich die Nase an der Glasscheibe platt drücken, und einmal kam das Pröppilein herbei, und griff mir mit einem schalkhaften Lachen multipel an die Nas´!

Mittags kochte der süßeste Ming, als ich grad ausgelost hatte, im Bioladen einzukaufen: Joghurt, bißl Brot & Käse und zwei Orangen und schon ist man wieder um 40 Mark erleichtert. (Denke und schreibe ich hier nach Art einer Seniorin, die noch immer nicht im €uro-Zeitalter angekommen ist.)
Wir aßen ohne das schlummernde Pröppilein auf der Terrasse, und wieder gab´s jungen Spinat, Kartoffelpürée und Fischhäppchen.
Ming griff sich den Stern mit „den Gierigen" auf dem Titelblatt, und ich erzählte, wie ich vorhin, als

Ming an einem Brief herumlas, gemeint hab, dies wäre schon die Einberufung in den Knast.
Doch es war ja bloß ein Schreiben von der Allianz.

Mittags hatte ich ausgelost, Buzens Bett frisch zu beziehen. Eine Mühe. Beim Matratzenkippen entdeckte ich einen tarantelleichten Kanker.
„Wegsaugen!" meldete sich ein erster roher Impuls in mir, doch sehr nett rettete ich dem Geschöpf das Leben, indem ich's mit Hilfe eines Glases auf die Neujahrskarte von Mings kleiner Familie draufbannte, und in den Garten brachte.
Dann saugte ich herum.
Mich beschlich noch etwas Mulm: Wie sieht's heut in 10 Jahren aus?
Hab ich nicht mal geträumt, daß Ming im Knast saß, und daß man eines Tages beschloß, den „Musikalischen Sommer" für immer zu beenden?
Die junge Familie sattelte zum Sesam-Gang. An Pröppileins Dreirädchen war eine lustige Donald Duck-Figur angebracht worden. Ein Geburtstagsgeschenk vom Opa Willi.
Dann radelte auch ich bald hinweg, und schon in der Graf-Enno Straße radelte mir *scheinbar* und mit einer schwarzen Sonnenbrille behaftet, die Gretel entgegen.

Ich schaltete ganz auf Gruß-Modus, und fühlte mich viel wärmer und sonniger als noch am Vormittag, als ich auf der Fockenbollwerkstraße für Entgegenkömmling Johann Holstein ein falsches Lächeln anknipsen mußte, das leider nicht von innen kam – und dann war es gar nicht die Gretel, sondern bloß eine unpersönliche Frau aus dem Holze einer Ingrid van Bergen.
Ein bißchen fühlt man sich ja so, als habe man „Griiiis Gott!" gesagt, und nun erzählte ich der Gretel, hoch oben auf ihrem Balkon, diese Geschichte.

Omi Birgit war gekommen, um die Fernsehzeitung zu holen, und für das kleine Yaralein ist's doch immer ein Fest wenn die Omi kommt!
„Doch die Omi steht zur Zeit gar nicht so hoch im Kurs!" flocht die Birgit leicht bekümmert ein.
Einmal hänge ich, ohne es geplant zu haben, und nur um dem Julchen eine Freude zu bereiten, oben die Wäsche auf. Jene Wäschestücke, die bereits hingen, waren allerdings noch nicht einmal ganz trocken und außerdem seichelte es im Speicher leicht. Das fehlte gerade noch, daß uns jetzt auch noch die Waschmaschine kaputt geht – am Vorabend zu Rehleins 75. Geburtstag!

Später durfte ich das Pröppilein verabschieden, das mich durch die Glastür ganz gnitz anstrahlte. Dann langte es mit Begeisterung nach meiner Nase. Ich bebusselte die kleine Kinderstirn, und die Stirn fühlte sich so zart an. Familienoberhaupt Ming deckte den Tisch – doch die Butter war uns ausgegangen!
Zu später Stund raffte ich mich somit noch zu einem Einkauf bei Combi auf, und als ich den Shop verließ, war es bereits wieder fast dunkel.

Am Vorabend zu ihrem kronjuwelenem Jubiläum auf Erden, versuchte Ming, Rehlein zu beskypen.
Doch die Verbindung hatte selbst mit dem modernen I-Päd allenfalls symbolischen Charakter. Man hörte ein Quietschen und Jaulen, und als dann dem Pröppilein zur Huld auch noch der Kikaninchen-Song erscholl, wurde es dem Julchen in ihrem Arbeitseck fast ein wenig arg.
Ich schaute die „Lindenstraße", und eine Stelle bannte mich: Ein dickliches Fräulein namens Sophie erzählte dem Hansemann, ihrem Vater, daß sie ein Praktikum in London plane. Vorsichtig fädelte sie jene Frage ein, deretwegen sie doch überhaupt angereist war: Ob der Hansemann wohl etwas zubuttern könne?

„Wieviel?" man schaute in das lebensgegerbte Gesicht, in dem nichts als unterdrückte Aggressivität und Verärgerung zu sehen war.

„Ich dachte da an….so 500?" zögernd und verschämt lächelnd.

„Sonst noch was?? Den Flug vielleicht, und einen Schoppingbonus?"

Der Hans wurde ganz wild. „Ich kann kaum die Windeln zahlen, die dein kleiner Bruder ständig vollkackt!" rief er bebend.

Seine Exe Helga wollte ihm eine kleine Freude bereiten, und brachte ihm einen Rotkäppchenkorb mit vielen guten Sachen aus dem Bioladen.

Doch der Hans war zu stolz. Er wollte es zahlen, hatte aber bloß mehr 15 € im Portmanjö.

Später hielt sich der Hansemann beim Geschrei vom kleinen Emil die Ohren zu, weil er es einfach nicht mehr ertragen konnte.

Seinen Job hatte er auch noch verloren, weil er vergessen hatte abzusagen.

Da kommt einem das eigene Schicksal doch nun wirklich läppisch vor.

Hernach stieg ich ins Duschhäusl.

Und weiter geht´s im nächsten Band:
Erscheint am 22. Oktober 2019

Personenverzeichnis

Aida, Töchterchen von Buzens Exe Hilke (*2003)
Antje, angeheiratete Extante in Bonn (*1939). Mutter der Zwillinge Heiner &Friedel
Antonio, Ex von meiner Freundin Katharina (Geburtsjahr unbekannt – Ü60)
Beyer, Bio, die braven Eheleute Thomas & Maria betreiben einen Bioladen in Aurich
Birgit, Mings uneheliche Schwiegermutter (*1953)
Brüdi, Exschwager von unserem Onkel Rainer in Kanada und inniger Freund (*1942)
Buz, unser Papa (*1938)
Christa, Tante in Münster (Ehefrau vom Onkel Hartmut) (*1946)
Christoph-Otto, Cellist und Freund in Aurich (*1965)
Daaje, Mings Patentochter in Österreich (*1994)
Edith, Nachbarin in Grebenstein (*1942)
Gretel, unsere Nachbarin in Aurich (*1938)
Hartmut, (Onkel Hambum) Bruder Buzens in Münster (*1945)
Heiner, Vetter in Bonn (*1962)
Hilke, Buzens Exe. Klavierlehrerin in Stuttgart (*1964)
Julchen, Schwägern (*1983)

Katharina, Freundin im Schwabenland (*1959)
Katja, Schwiegertochter von meiner Nachbarin Edith (*1983)
Linke, Frau – meine betagte Schülerin (*1934)
Marius, Sohn von meiner Freundin Katharina (*2000)
Ming, mein Bruder (*1964)
Münch, Frau – meine Sekretärin (*1943)
Omar, Herr aus dem Senegal. Exmann von Buzens Exe Hilke (*1972)
Rehlein, unsere Mutter (*1939)
Sabine, Klavierlehrerin im Schwabenland (*1962)
Thomas, Sohn von meiner Nachbarin Edith (*1972)
Schröder, mein Vermieter (*1952)
Pröppi(lein), Yara, meine kleine Nichte (*2012)
Reich, unser Anwalt (Geburtsjahr unbekannt)
Uschilein, aus Coesfeld. Eine Dame, die in den 70-Jahren mal die Angel nach Buzen auswarf.
Youssou, Erstling von Buzens Exe Hilke (*1999)

≈ eine Auswahl ≈

Besuch uns doch mal hier! ☺

http://www.franziska-koenig.de
http://www.erikoenig.de/
www.musikalischersommer.com

https://www.facebook.com/pg/MusikalischerSommer/photos/?ref=page_inter nal